鬼怪事典

謝志榮作品

良種紙上播・善筆植心田

心田文化

超微漫·影像小說

自序

虛擬世界，實體價值

作者：謝志榮

今時今日的「條漫」，似乎是最時興的一種漫畫模式，條漫即長條下拉式手機漫畫的簡稱，其正有取代傳統漫畫之趨勢。

手機閱讀模式，正大受年輕人的追捧，漸漸形成一種潮流，因為大都是免費收看的，因此學生和年輕讀者最多，形成一種難以阻擋的群眾力量與口碑，這是最新的一種宣傳方式，正當傳統紙媒走到了極限倒退時，「條漫」新模式，很可能是打破舊式漫畫悶局的一個契機。

本書中的各個故事，收錄在webtoons漫畫平台上，已取得超過七十五萬的高點擊流量，並於新星區的恐佈分類中排行第二位，這意味著在過去一年裡，能夠得到年輕讀者的認同。

本書往後將會再革新，目標以雙月刊形式出版，這是配合webtoons平台全新作品而設計出來的做法，大家且拭目以待。

在這個年頭要維持一本書持續下去，著實不易，要在首段的銷售取得穩定數字，更是難上加難，本書經過了萬水千山來到第六期，未來仍須變陣，一直以漫畫配搭文字，在制作上較一般純小說及純漫畫難度高，為了配合未來與漫畫平台同步，相輔相成，決心按時出版，以取得市場一個較理想的位置，以適應較年輕讀者朋友的步伐。

「借虛擬世界的力量，重建實體的價值」，這口號是支持作者繼續寫下去的信念。

https://www.facebook.com/xiti55

目　錄

鬼怪事典 Ghosts things Code

PRAT 1

神秘嚇機

故事發生在飛機上……今大他們兩出發去旋行

九霄驚嚇

鬧鐘響個不停，杜翠欣伸展一下雙臂，醒來時望望鐘，剛好是六點正。

「時間剛剛好。」翠欣把鬧鐘按停。

同一時間，在另一邊的是袁文澤，他床頭上的鬧鐘亦在同一時間響鬧起來。

「真的很累，多睡一會沒打緊吧……」文澤賴床不起已經是習慣了，但今天卻例外，

可惜他像是忘記了晨早有要事辦，繼續睡覺。

機場，有一對很匆忙的情侶，他們正要趕上飛機。

「都是你誤事，睡過時以致這麼趕。」說話的是杜翠欣。

「時間剛剛好，一定趕到的。」只見袁文澤還在嘻皮笑臉的，翠欣沒他好氣，索性不理睬他，四週張望登機處在那裡時，只覺得萬分奇怪。

「今天到底發生甚麼事，機場內空無一人的？」翠欣覺得十分出奇。

文澤也有同感：「現在開始已經是繁忙時間，不可能機場沒人的，一定是出了甚麼問題……」

就在這時，傳來了廣播聲音：「最後召集，205飛北京班機快要起飛，乘客請往登機處。」

趕上飛機要緊，翠欣再沒有細想，腳步加快，口裡不斷催促文澤。

「最後召集了，行快點好嗎？」

「但直到現在還未見到一個人啊。」

「怎會沒人，去到候機處自然會見到與我們同機的乘客了。」

「我見到候機處啦，就在那邊。」

「我們快去吧！」

「先別急，讓我拍一張登機前的有型照。」文澤拿出手機，用熟練的手勢，訊間便拍了張自拍照。

「嗯，這張相拍得型不型呢？」文澤反轉手機讓翠欣看。

「來，我們再來張合照。」文澤扭著翠欣正要來張自拍合照。

「飛機快要起飛啦，還有心情拍照，你這個人怎麼永遠都是這樣不分輕重，一點都不成熟的。」這回翠欣真的生氣，一手把文澤推開。

「不影就是，來旅行放輕鬆些，又何須太緊張。」文澤悻悻然的，但話還未說完便被翠欣打斷：「收聲！」翠欣語氣中帶有命令。

每次文澤都在這情況下閉起嘴來，收起口不擇言的習慣。

禁語中的文澤苦笑，心裡道：「沒法子啦，誰叫自己討了個緊張大師做女朋友……」。

二人終於來到了登機處，依然見不到有人。

「我們太遲來到，乘客都已上了飛機啦。」

「但總不會連一個機組人員也見不到呀！」

就在此時，二人背後感覺異動，出現黑壓壓的大片背光陰影，不知在甚麼時候，他們身後忽然多了數十人。

這突如其來的變化，把二人嚇了一大跳。

「好邪門，這……這些人到底從那裡閃出來的，連半點聲息都沒有……」文澤在翠欣耳邊細語道。

這事真的十分奇怪，連一向敏感的翠欣亦完全沒有察覺。

文澤偷眼斜望這班機的乘客，只覺得他們每一個人都有點說不出的古怪。

同機的乘客的眼神都很怪異的，我很不安……
……

又怎麼啦，神不守舍的，你下次不要叫我去旅行呀！
這趟定有事發生……

趁飛機未起飛，我去洗手間一陣子。
那空姐望我的眼神很怪，真的愈來愈可疑了！

一種很不尋常的氣氛，正滲透著四週。

「同機乘客的眼神都很怪異，這令我很不安……」文澤又細聲在翠欣耳邊說。

「又怎麼啦，神不守舍的，你下次別再說去旅行，我不會去的！」

「這……這飛機必定有事發生……」

雖然文澤感覺很不妥，但亦只好帶著疑慮及不安登上飛機。

「趁飛機未起飛，我去洗手間一陣子。」

傑
傑
傑
傑
不是我眼花吧，
那個空姐好可怕....

飛機通道狹窄，迎面而來是一個空中小姐。

空姐的眼神很古怪，文澤更覺不安：「這機上的一切愈來愈可疑了。」

只見那空姐暗地回望，眼中凶光乍現，喉頭暗自發出幾聲傑……傑怪叫。

「天呀，我沒有聽錯吧！」文澤開始不相信自己的眼睛和耳朵，連忙擦眼，擦完後，剛才那空姐便不見影蹤。

「可能是自己眼花吧，不管了，先去洗手間。」

進入飛機上窄小的洗手間，文澤在洗手時，不其然抬起頭，但眼前可怕的事情便發生了。

「鏡子怎麼了？」文澤驚得高聲呼叫。

那鏡子竟空空如也，那裡有他的存在。

「天呀，看不見自己！」眼前的境況愈來愈可怕了，文澤心知不妙，打算立即衝出洗手間。

更奇異的事再次發生，那度門的門鎖像卡住了，無論他怎麼用力也拉不動。

「天呀，門鎖卡死出不了去？」文澤慌張起來，用盡全身力氣強拉，也是白費力氣似的，門跟本絲毫沒有動過。

「喂，外面有人嗎？裡面有人被困呀！」文澤只好用最後的方法，放聲大叫，只是叫了一陣子，卻完全沒有任何回應。

就在感到絕望之時，卡嚓一聲，廁所門自動打開。

天呀，看不見自己！
要立即離開！
咯
咯
咯
咦，門鎖死出不了去？
架 架 架

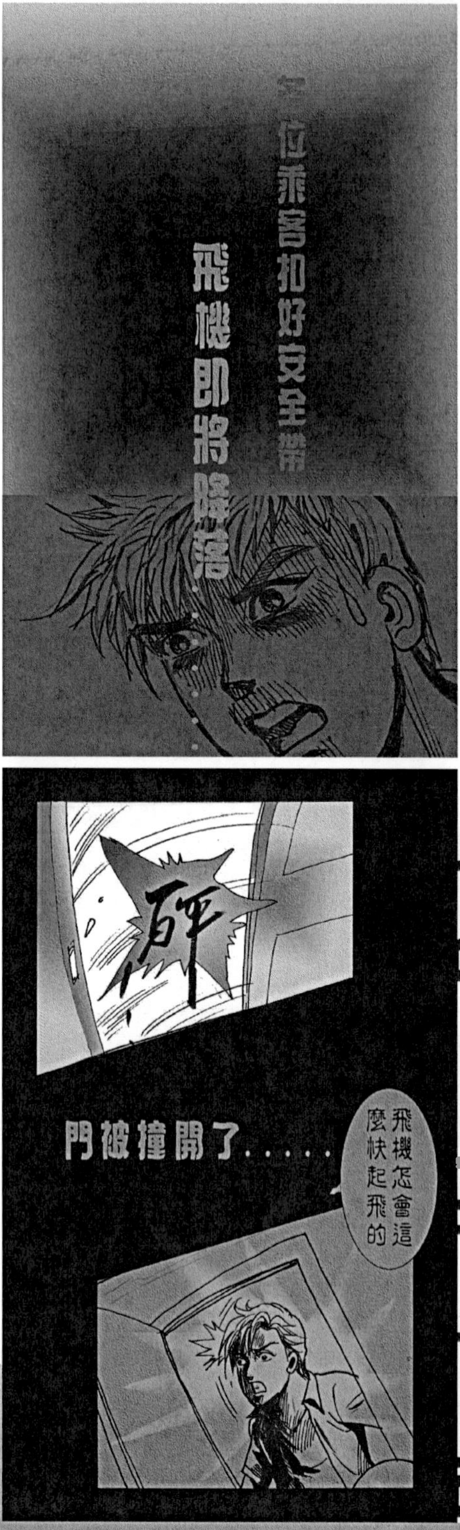

「好啦，門終於開了……」文澤大喜，立即奪門而出。

文澤剛想踏出去時，全機便忽高忽低的搖晃不定，連站也站不住，他急忙捉住門框，這很明顯是飛機遇到強大氣流。

「沒可能的，飛機明明還未起飛……怎會遇到氣流，這跟本沒有可能……」

就在這時，機上廣播器傳來對話：「各位乘客請扣好安全帶，飛機即將降落……」

「我沒有聽錯吧，這飛機即將降落？」文澤愈來愈不相自己的耳朵了，但當他定下神來，看清楚飛機上的情況時，他簡直不敢相信自己的眼睛。

飛機真的正在飛行中，這從窗外可以看得到。

「喔，那窗外……」只見飛機外面的大空，一片慘綠色鳥雲滿佈，且不停在閃電。

但更不敢想像的，就是全機的人，都同時把手上的手機開著了，而且在收發訊號，

Wi-fi也連線了，一般人也有常識在飛機上是要用飛行模式，但這機上的人卻像著了

飛機降落，全機人部開WIFI

魔似的，且每個人的樣子都變得灰黑，且兩眼深深凹陷和反白，痴痴地注視著手機。

「天呀，你們竟在飛機降落時這樣做，會影響飛行系統的，飛機會出事呀，停止，快

飛機急速降落，機上的所有乘客都在開wifi

停！」

隆……隆……隆

「機上的所有乘客注意，飛機遇到緊急情況，要作緊急降落，大家立即扣好安全帶……」那個飛機上的廣播又再響起，但卻是個很不幸的消息，意味著空難可能會發生，但機上的人竟沒有絲毫恐懼。

「難道你們聽不到嗎？飛機要降落，不能開著手機，立即關機呀！」眼見乘客們瘋狂

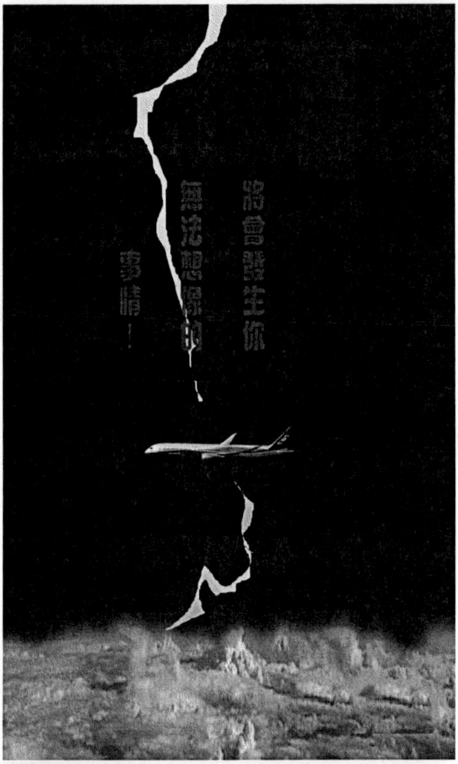

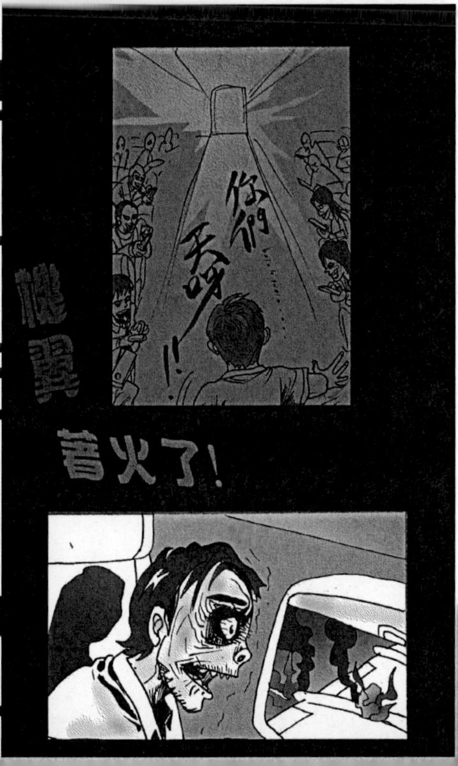

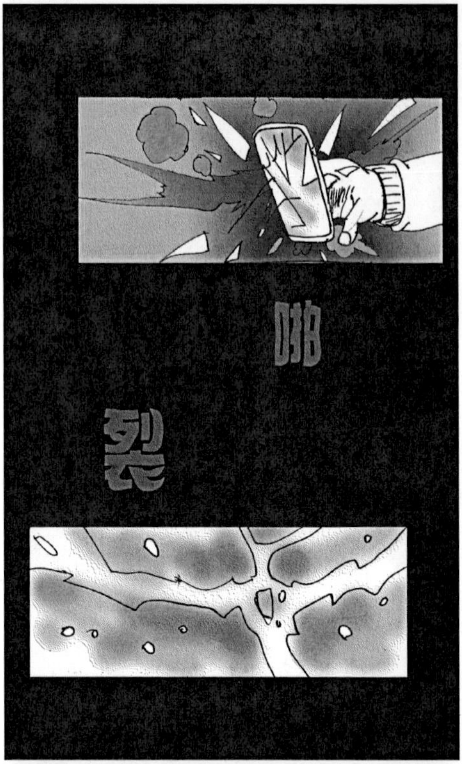

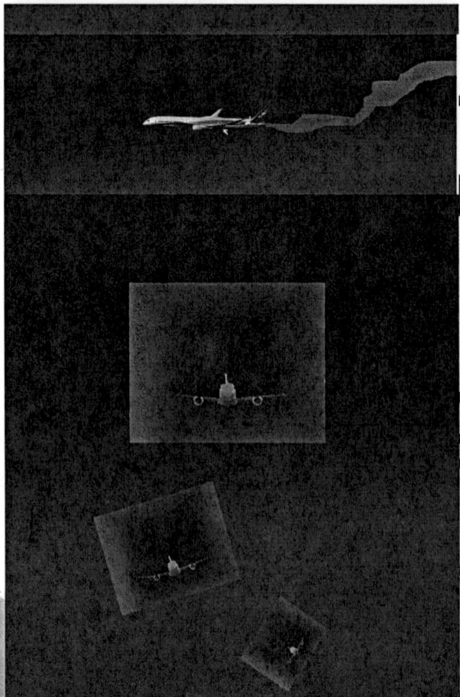

的行為，文澤想制止也來不及了，對他的警告亦充耳不聞。

就在這時，有人大叫起來：「不好了，機翼著火！」

有個樣子乾枯得像活屍的乘客，他見到窗外機翼起火。

在萬呎高空上的飛機，最可怕莫過於機翼著火，這是出空難的驚兆。

只聽得一連串的爆裂聲咇啪地響個不停，竟然是所有人的手機都冒煙和爆炸。

從黑暗的空中，飛機已失去了控制，在空中翻滾。

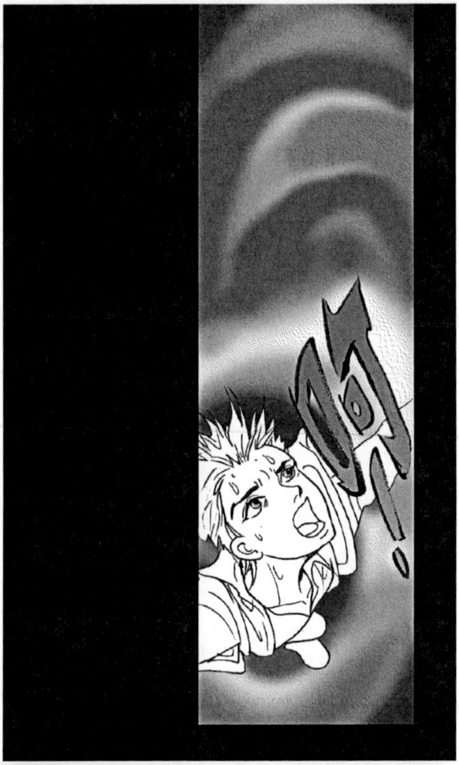

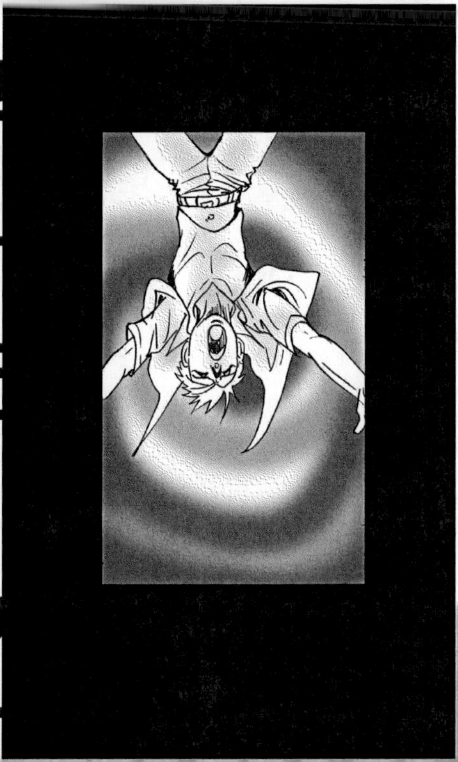

文澤亦隨著飛機失去了重心，完全迷失在　個全無著力點的黑暗空間之中，不知自己身在何處，漸漸失去了意識。

也不知在空間飄流了多少時間，終於文澤在迷迷糊糊中甦醒過來，恢復意識。

「哎，全身無力的，好像飄了去很遠很遠的地方……」

*　　*　　*

只見文澤倒在地上，正在很努力要撐起身子。

好不容易才爬起身來，發覺自己處身於一個洗手間裡。

他不及細想，第一時間便去開門，腦裡回想到剛才發生的一切怪事，……自己被困在飛機的洗手間，跟著……

這時洗手間門援援地打開，驚魂未定的文澤偷眼外望，只見外面竟然是候機處，他隱約記得，最初他便是要說趁飛機未起飛，先去洗手間的……

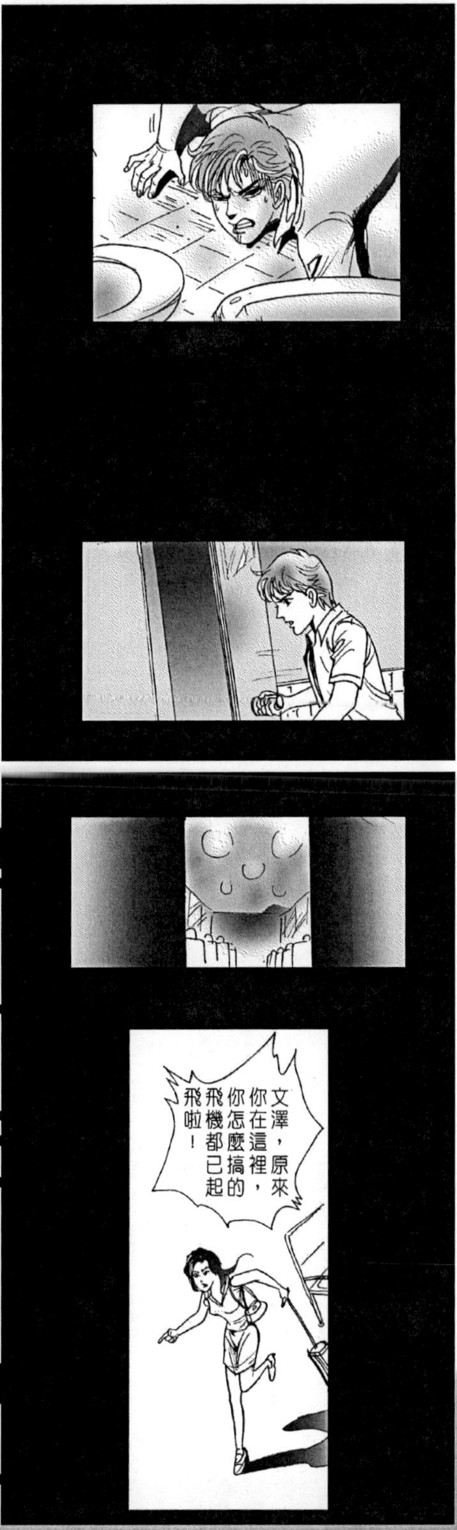
文澤，原來你在這裡，你怎麼搞的飛機都已起飛啦！

但此刻的他，卻從候機處的洗手間出來，那即是說他根本沒有上過飛機……

「天呀，我真的搞不清楚了，剛才到底是怎麼一回事……」

一把熟悉的聲音打斷了文澤的思路。

「文澤，原來你在這裡，你怎麼搞的？飛機都已起飛啦！」就在此時，翠欣怒氣沖沖的朝著他跑過來。

「甚麼？我真的還未上機？這沒可能的……」

甚麼？我還未上機？沒可能．．．
剛才你說要去洗手間，一去便失了蹤一樣，怎也找不到你。
我們明明已上了機的！

「剛才你說要去洗手間，但一去便失了蹤一樣，怎樣也找不到你，你到底去了那裡？」

「我在那邊的廁所裡出來……但我們明明已上了機的！」

「你是否神經病發？剛才我怎叫你也沒回應……」

就在此時，機場的大型電視屏上，播出了一段緊急廣播：「特別空難報告，剛起飛往北京的編號205飛北京班機，忽然在二萬呎高空失去聯絡，神秘失蹤。」

這個特如其來的消息，簡直令二人晴天霹靂。

「天呀，我們……竟逃過大難啊！」此時的翠欣已嚇得望著大電視發呆。

完

「相信那機一定凶多吉少了！」文澤背心涼氣直透，手心捏了一把汗。

他暗裡呼一口氣，慶幸自己此刻仍然生存，至於先前所發生的奇異怪事，通通都不再去想，只望盡快將一切完全忘記，就當自己真的在洗手間摔了一跤，造了一場可怕的惡夢，那不能解悉的地方就讓它永遠消失，永遠不去管它好了。

本故事完

PRAT 2

櫥窗詭異空間

子東竟然對著一個櫥窗模特兒著了迷

我叫杜子東
我是一個畫漫畫的中學生，但一點都不愛讀書，我只會畫漫畫，已經到了連朋友都疏遠的程度。

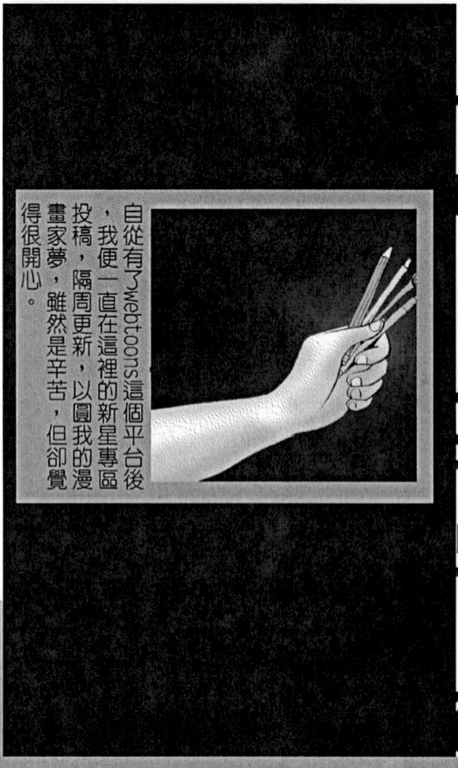
自從有了webtoons這個平台後，我便一直在這裡的新星專區投稿，隔周更新，以圓我的漫畫家夢，雖然是辛苦，但卻覺得很開心。

櫥窗詭異空間

主角：杜子東

身份：學生漫畫作者

性格：愛發白日夢

嗜好：畫漫畫

工作：畫漫畫
理想：畫漫畫
缺點：畫漫畫

「我叫杜子東！」

「是一個畫漫畫的中學生，但一點都不愛讀書，我只會畫漫畫，已經到了連朋友都疏

當作品發送到手機上，就有如見到自己的兒子出世那樣，也不曉得幾多個不眠不休的晚上付出了多少心力。

但子東真的到達了有瘋狂的程度，只要每天都看著自己和別人的漫畫，一切便不再重要了……
這樣下去，到底是正常的生活嗎？

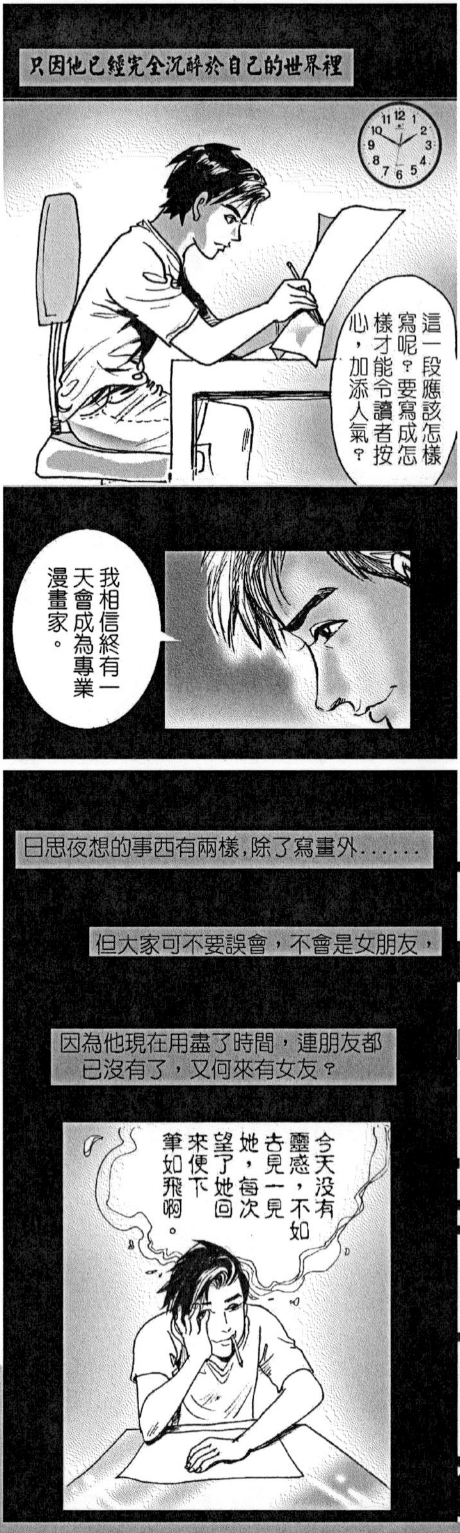

遠的程度。」

「自從有了webtoons這個平台後，我便一直在這裡的新星專區投稿，隔周更新，以圓我的漫畫家夢，雖然是辛苦，但卻覺得很開心。」

「當作品發送到手機上，就有如見到自己的兒子出世那樣，也不曉得渡過幾多個不眠不休的晚上，付出過多少心力了。」

這個就是子東的至寫實一面，但子東此間的生活，真的到達了瘋狂的程度。

只要每天都看著自己和別人的漫畫，一切便不再重要了。

他對除了寫漫畫以外的事情，一切都不關心，這樣下去……

「到底是正常的生活嗎？」

只因他已經完全沉醉於自己的世界裡，腦子裡只會想著：「這一段應該怎樣寫呢？要寫成怎樣才能令讀者按心，加添人氣？」。

「我相信終有一天會成為專業漫畫家。」就是這種意志令子東變成如此模樣。

他跑到街口的星星服裝店。
這時已經是晚上，服裝店已關門，但櫥窗仍然保留著一道暗暗的寫燈。

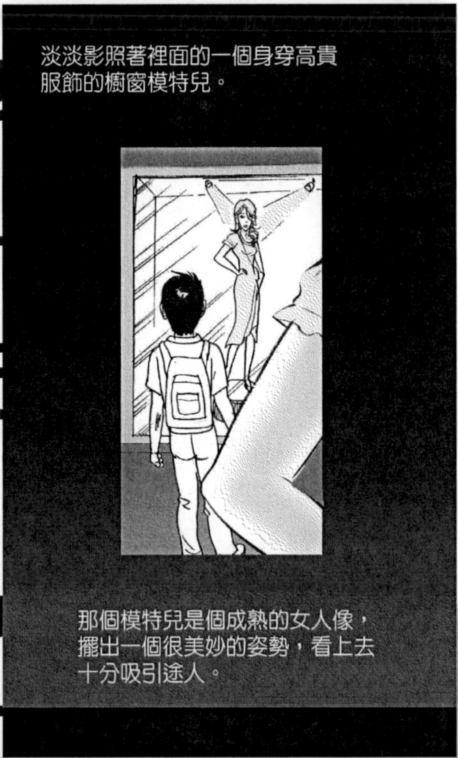
淡淡影照著裡面的一個身穿高貴服飾的櫥窗模特兒。
那個模特兒是個成熟的女人像，擺出一個很美妙的姿勢，看上去十分吸引途人。

子東的腳步就停留櫥窗模特兒的前面，
一言不發地凝視著眼前的櫥窗模特兒。
已經半小時了，子東仍然
沒有動過，途人行過都
報以奇異眼光，但子
東卻一於少理。
子東竟然對著一個櫥
窗模特兒著了迷。
但無可置疑，這確實
是一個栩栩如生，
美艷動人的櫥
窗模特兒。

但子東從來沒有想過這問題，皆因他的心已被兩件事情所佔據。

日思夜想的事情有兩樣，除了寫畫外……

大家可不要誤會，不會是女朋友，因為他現在用盡了所有時間來畫漫畫，就連朋友都已沒有，又何來女友？

這天子東正在苦於沒有靈感，口裡咬著畫筆一直發呆，但見他的表情由煩惱變得喜悅。

「欣欣，你現在怎樣了？」子東口裡在自言自語。

他帶了畫具，跑到街口的一間叫星星服裝店。

這時已經是晚上，服裝店已關門，但櫥窗仍然保留著一道暗暗的射燈，淡淡影照著裡面的一個身穿高貴服飾的櫥窗模特兒。

那個模特兒是個成熟的女人像，擺出一個很美妙的姿勢，看上去十分吸引途人。

子東的腳步就停留在櫥窗的前面，一言不發，動也不動地凝視著眼前的櫥窗模特兒

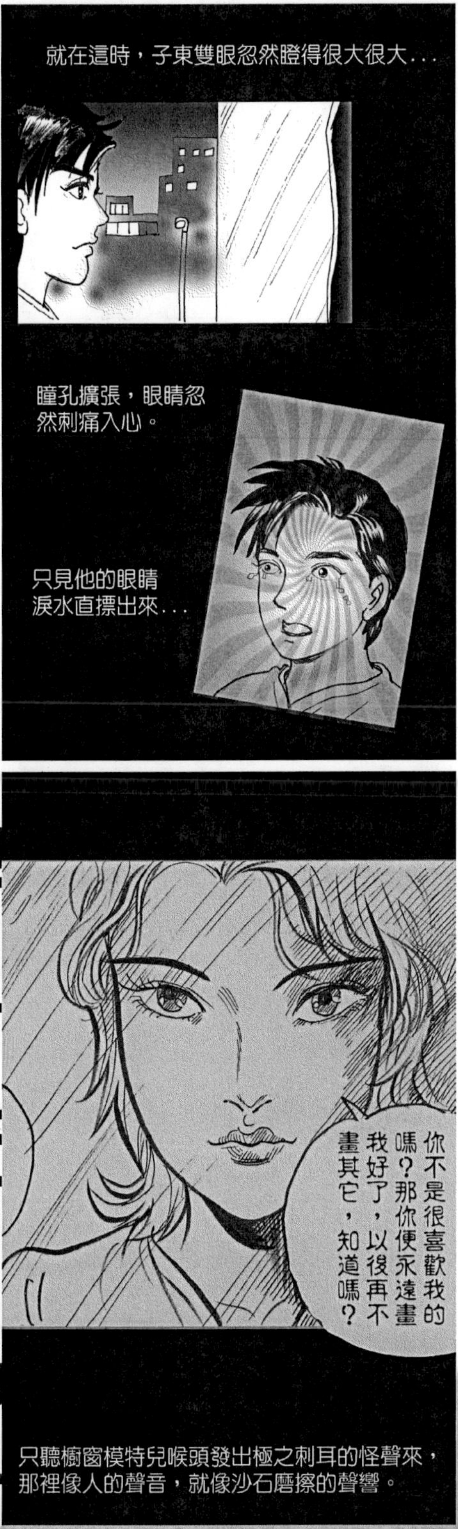
就在這時，子東雙眼忽然瞪得很大很大...
瞳孔擴張，眼睛忽然刺痛入心。
只見他的眼睛淚水直標出來...
你不是很喜歡我的嗎？那你便永遠畫我好了，以後再不畫其它，知道嗎？
只聽櫥窗模特兒喉頭發出極之刺耳的怪聲來，那裡像人的聲音，就像沙石磨擦的聲響。

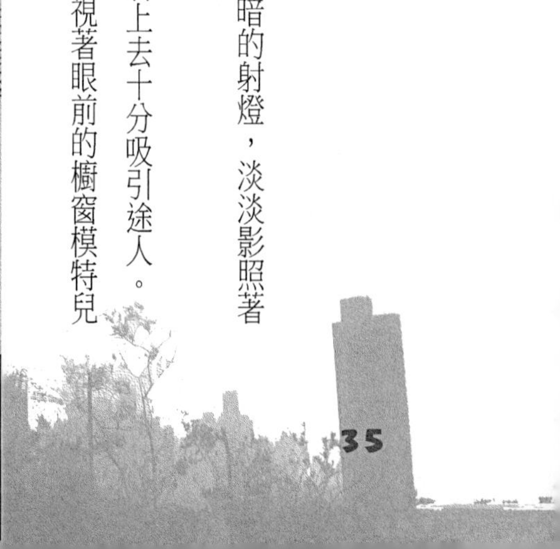

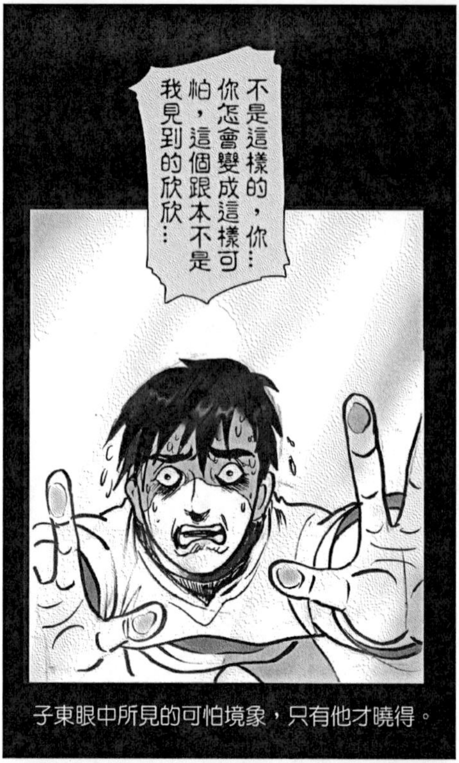
不是這樣的，你，你……
你怎會變成這樣可
怕，這個跟本不是
我見到的欣欣……
子東眼中所見的可怕境象，只有他才曉得。

這是甚麼？
哇

。

子東很久都沒有動過，途人行過都報以奇異眼光，但子東卻一於少理。

子東竟然對著一個櫥窗模特兒著了迷。

但無可置疑，這確實是一個栩栩如生，美艷動人的櫥窗模特兒。

就在這時，子東雙眼忽然瞪得很大很大……瞳孔擴張，眼睛忽然刺痛入心。

只見他的眼睛淚水直標出來……

「你不是很喜歡我的嗎？那你便永遠畫我好了，以後再不要畫其它，知道嗎？」只聽櫥窗模特兒喉頭發出極之刺耳的怪聲來，那裡像人的聲音，就像沙石磨擦的聲響。

「不是這樣的，你……你怎會變成這樣可怕，這個跟本不是我見到的欣欣……」子東眼中所見的可怕景象，只有他才曉得。

「哇，這是甚麼？」

這突如其來的劇變，令子東不敢再留片刻，拔足便跑。

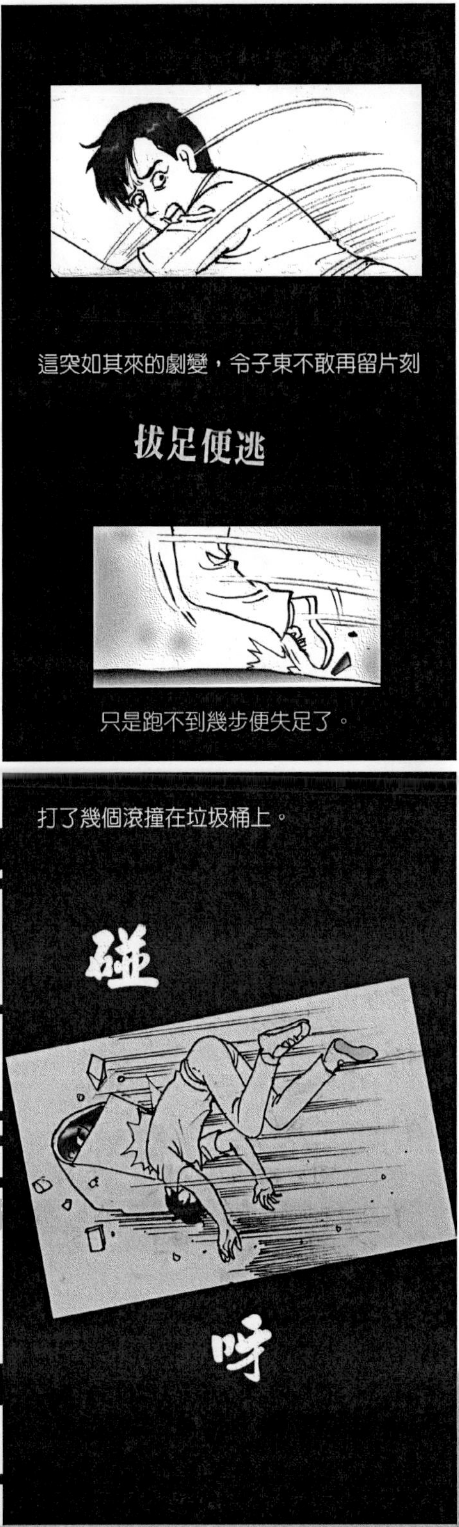

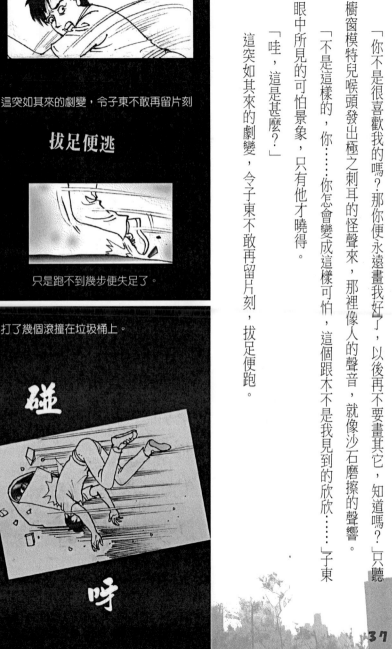

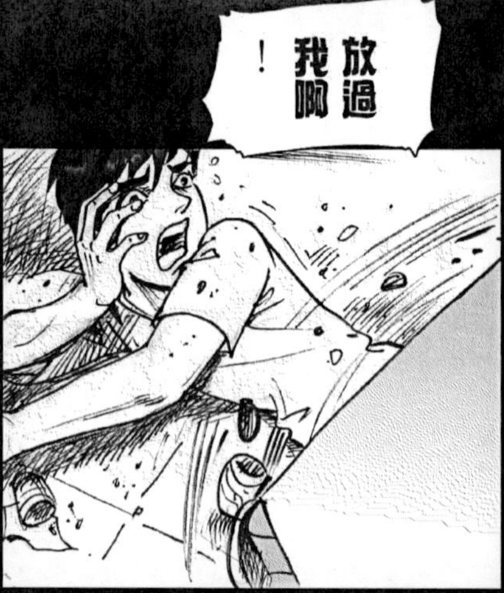

子東奮力爬起身逃跑，但這情境都看在櫥窗模特兒的眼裡。

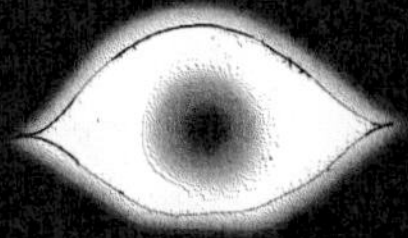

只是跑不到幾步便失足，打了幾個翻滾，再撞在垃圾桶上。

「放過我啊！」

子東奮力爬起身逃跑，但這情境都看在櫥窗模特兒的眼裡。

「可憐的漫畫人……」那沙石盤難聽的聲音又幽幽地升起。

「你妄想逃離我的掌握……除非你真的不畫漫畫吧！」

「但你做得到嗎？那一個作者不受我的支配，哈哈哈！」

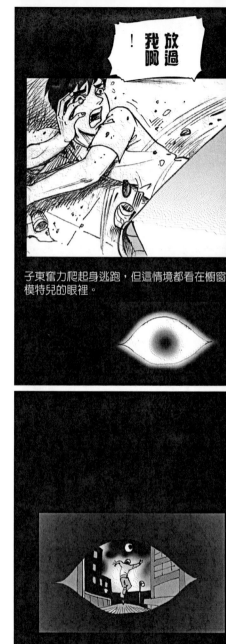

「誰個作者不想爆紅？」

「這樣，你們便永遠逃不出我的陰霾與夢魘……」

「……永遠……永遠……嘿嘿嘿……」

自從這次之後，子東大病一場，
精神狀況一直都很反覆，
更不敢拿起畫筆繪畫更新，
於是被逼休刊。

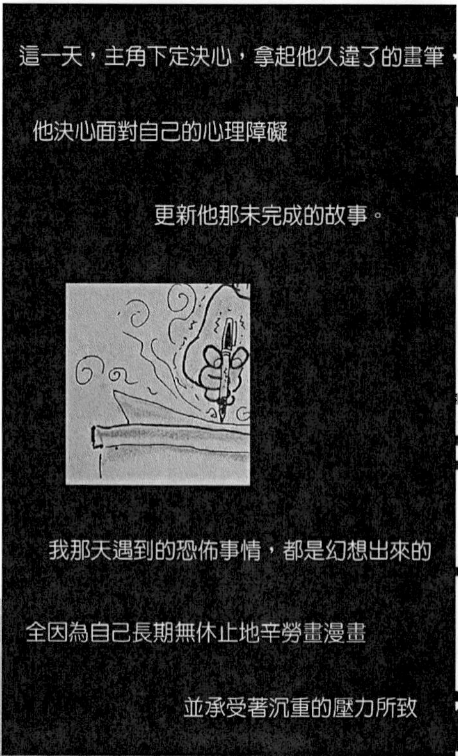
這一天，主角下定決心，拿起他久違了的畫筆，
他決心面對自己的心理障礙
更新他那未完成的故事。
我那天遇到的恐佈事情，都是幻想出來的
全因為自己長期無休止地辛勞畫漫畫
並承受著沉重的壓力所致

* * *

自從這次之後，子東大病了一場，精神狀況一直都很反覆，更不敢拿起畫筆繪畫更新，於是被逼休刊。

這一天，主角下定決心，拿起他久違了的畫筆，他決心面對自己的心理障礙，更新他那未完成的故事。

「我那天遇到的恐佈事情，都是幻想出來的，全因為自己長期無休止地辛勞畫漫畫，並承受著沉重的壓力所致。」子東這樣對自己說。

只見他用力握著畫筆的手，正不斷在抖顫，他內心的恐懼不其然地升起。

「我要復刊呀，這隻手怎麼了？」子東急忙用左手捉住右手，然後嘗試控制正在微震的手，決心一定要寫出畫來……

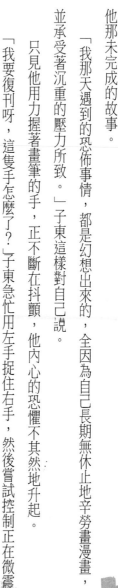

子東花了九牛二虎之力將右手穩定下來，

手中畫筆終於接觸到畫紙，

只聽一聲尖刺般擦地一聲，

子東的耳朵覺得刺痛起來。

但他這樣做會有甚麼後果呢？
到底子東他能再拿筆作畫嗎？
而他又會畫到些甚麼東西出來呢？
這一切往後將會在故事情節中一一分解。

且說子東花了九牛二虎之力將右手穩定下來，手中畫筆終於接觸到畫紙，只聽尖刺般擦地一聲，子東的耳朵覺得刺痛起來。

但更可怕的是，不知何時在他的畫紙上，畫了一張非常怪異的女子頭像，畫像中女子的眼眶像一個黑洞，眼球伸出一條長滿尖刺的樹枝。

至於女子的眼球，便生長在血紅色的花蕊之內。

而那女子的樣貌竟就是那個既美艷動人，又邪惡可怕的……櫥窗模特兒。

不知不覺間，他在畫紙上畫了一張非常怪異的女子人像．

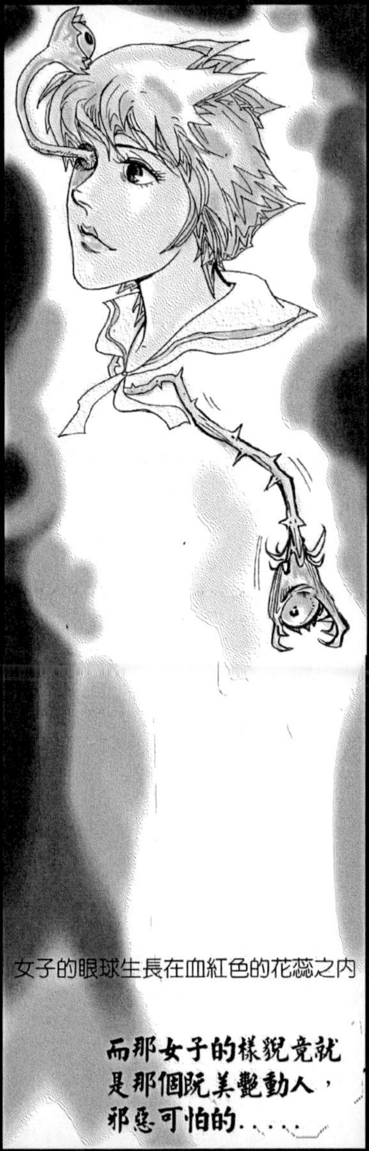
女子的眼球生長在血紅色的花蕊之內
而那女子的樣貌竟就是那個既美艷動人，邪惡可怕的．．．．．

櫥窗模特兒

＊

在熱鬧都市中，星星服裝店開設在一條街道的巷尾，即使外面怎樣熱鬧，人來人往，這裡仍然是顯得異常冷清，少有人行經這裡。

＊

因此，這間店也很少有客人推門內進，而這店也不在日間開門，到了傍晚才開市，

＊

在熱鬧都市中，星星服裝店開設在一條街道的巷尾，即使外面怎樣熱鬧，人來人往，這裡仍然是顯得異常冷清，少有人行經這裡。

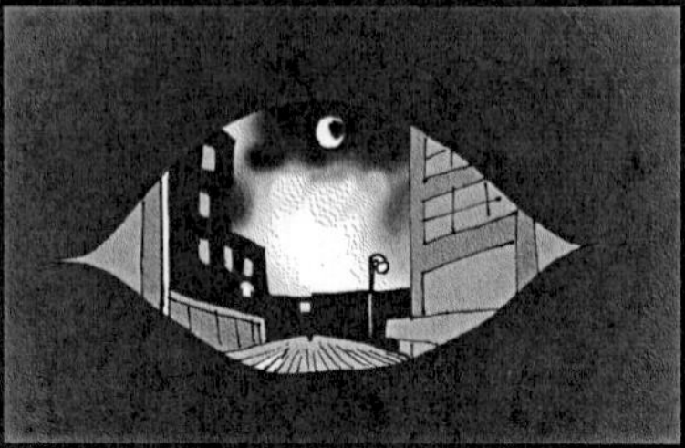

因此，這間店也很少有客人推門內進，而這店也不在日間開門，到了傍晚才開市，於是客人便更買少見少了。

這附近的人都很疑惑，這店子一直是靠甚麼生存的。

於是客人更買少見少。

這附近的人都很疑惑，這店子一直是靠甚麼生存的。

今天這店外面依然是冷清清，在陰暗的街道上，來了一個人。

這人來到櫥窗前，他像是被櫥窗模特兒所吸引，雙眼凝視著櫥窗內美艷動人，栩栩如生的女模特兒像。

這人正是那個不能再畫漫畫的……子東。

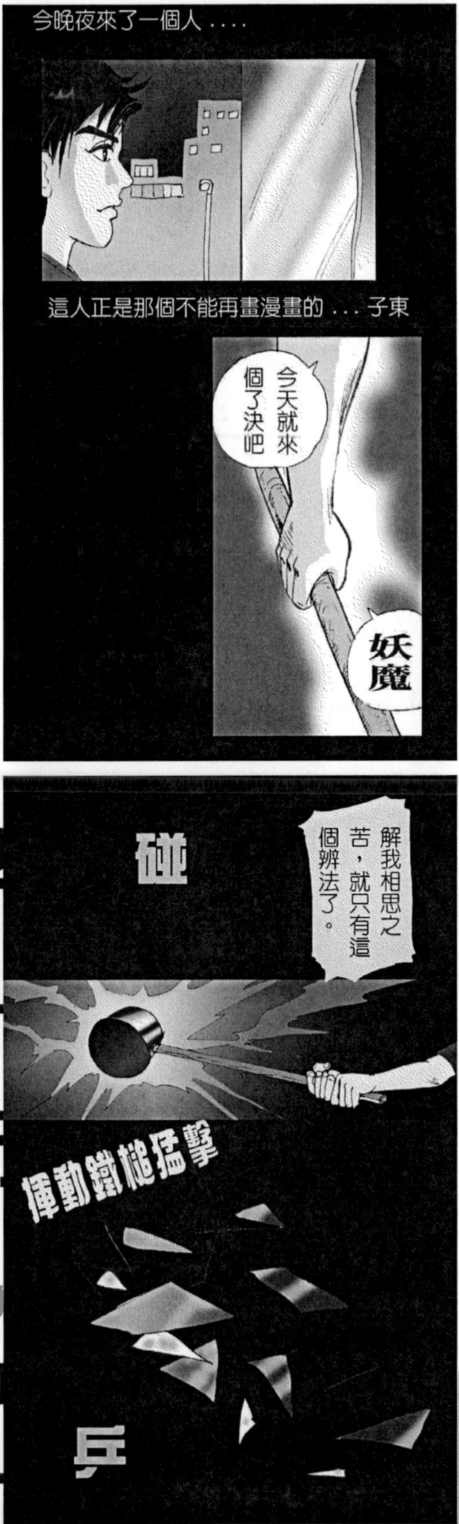
今晚夜來了一個人....
這人正是那個不能再畫漫畫的 ... 子東
今天就來個了決吧
妖魔
碰
解我相思之苦，就只有這個辦法了。
揮動鐵槌猛擊
乒

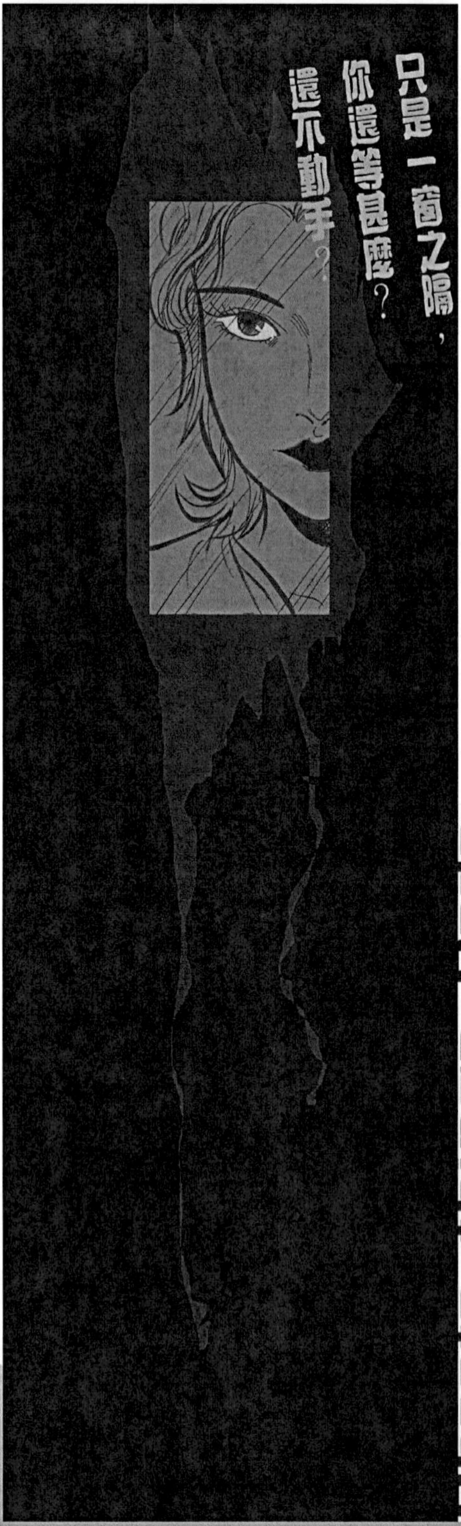
只是一窗之隔，
你還等甚麼？
還不動手？

「只是一窗之隔，你還等甚麼？還不動手？」只聽得一把女性的聲音隔著玻璃傳出來，似乎是那模特兒在說話。

「沒辦法了，就只有這樣做啦。」說罷，子東把收在身後的一支鐵槌拿出來。一舉手便揮動鐵槌，瞧著櫥窗猛擊，只擊了數下玻璃便即裂開。子東再補一重槌，玻璃再抵受不了，拍裂一聲巨響，便即破碎，露出了一個很大的缺口，子東立即闖入，一手將模特兒抱出來。

只見滿地都是碎玻璃，子東抱著模特兒，頭也不回的發足狂奔。

就在他奔跑之際，模特兒的眼睛竟不停地轉動，似乎像人一樣在回想著一些事情。

* * *

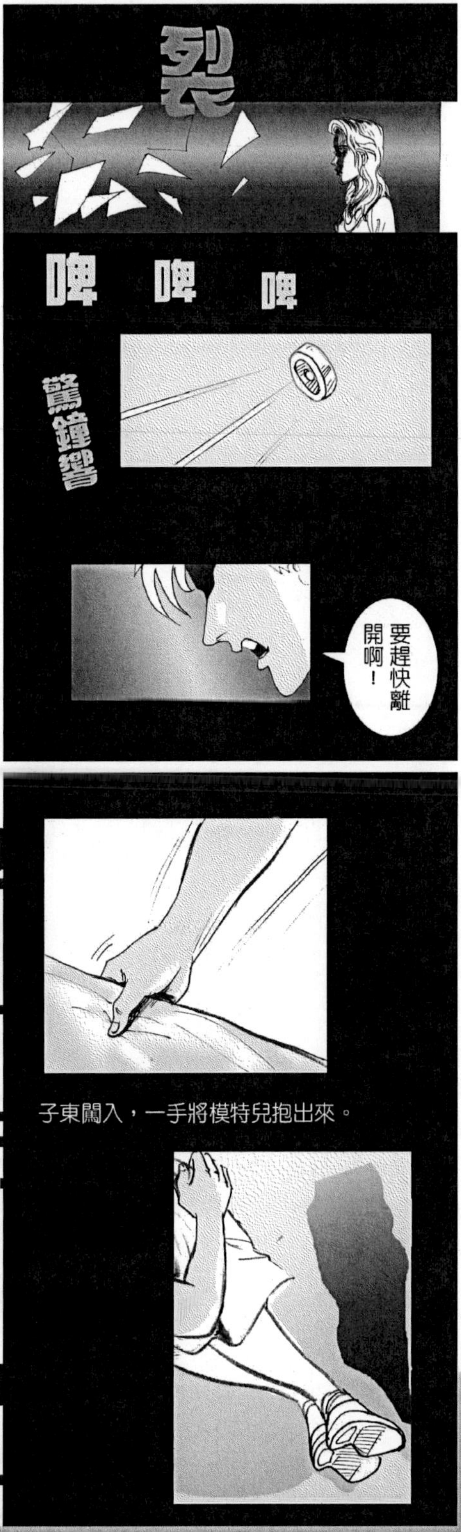
裂
嗶 嗶 嗶
驚鐘響
要趕快離開啊！
子東闖入，一手將模特兒抱出來。

那天，有個少女學生欣欣經過星星服裝店。

「很美的服裝，那模特兒穿上更加顯得有型有款啊。」欣欣亦被那櫥窗模特兒所吸引

滿地都是碎玻璃，子東抱著模特兒，頭也不回的發足狂奔。

，禁不住要停下來注足欣賞一番。

欣欣出奇地愈看愈入迷，彷彿在她心靈深處聽到呼喚之聲。

「欣欣嗎？你好。」那是一把飄渺不定的聲音。

「咦，那聲音好像是從櫥窗裡傳出來的。」欣欣覺得很好奇，於是把身子貼近那櫥窗去。

就在此時，奇怪的事情便出現了，只見那櫥窗模特兒，身子微動，表情也出現了變

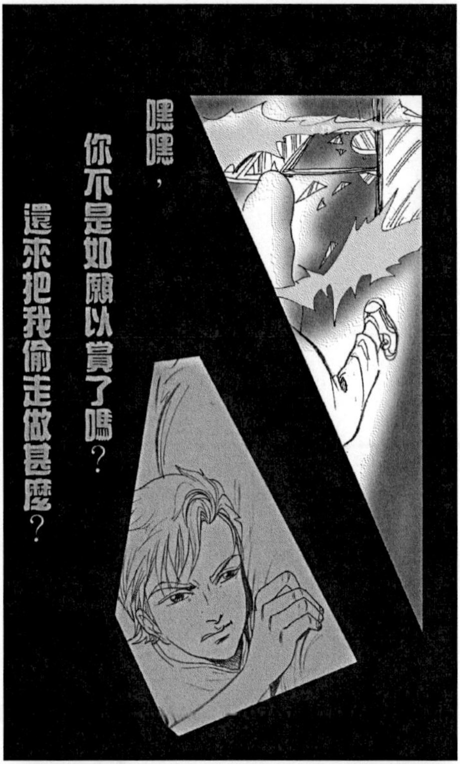
嘿嘿，
你不是如願以賞了嗎？
還來把我偷走做甚麼？

就在他奔跑之際，模特兒的眼睛竟不停地轉動
似乎像人一樣，在回想著一些事情。

那天，有個少女學生欣欣經過星星服裝店。
欣欣

化，嘴角竟帶出了一絲笑意來。

欣欣馬上被嚇得花容失色，還未來得及反應，但見那櫥窗模特兒已張開了血紅色的

大口，向著她烈口而笑。

不單止這樣，她的眼睛也由不動變成了會動，眼球則像毒蛇那樣，收縮至細小的一點，恐佈異常。

這時的欣欣只想逃走，但可惜她雙腳正在發軟，跪了在地上，她拼命地想撐起身子，但都失敗，跟著，奇怪的事便接踵而來。

她的身子像完全不受控制一樣，有一股無形的吸力，把她拉近櫥窗玻璃去，這可嚇

很美的服裝，那模特兒穿上更加顯得有型有款啊。
欣欣亦被那櫥窗模特兒所吸引，禁不住要停下來注足欣賞一番。

欣欣出奇地愈看愈入迷，她好像心靈深處，聽到呼喚之聲。
那是一把飄渺不定的聲音。
欣欣嗎？你好。

咦，那聲音好像是從櫥窗裡傳出來的。

得她冷汗直冒。

欣欣此刻已像不受自己控制一樣，但那股可怕的吸力卻沒有停止，將她愈扯愈近，儘管她拼命以雙手抵著櫥窗玻璃，仍然沒有用，只聽砰的一聲，欣欣的頭部已撞在玻璃

上。
更不可思議的事情，是欣欣的頭部並沒有因撞在玻璃上而受傷，反而穿過了玻璃進入櫥窗之內。

「喔，我的頭……」欣欣的驚恐已到了極點，她的身子也慢慢地被扯了進去。

其時模特兒背後的射燈正閃爍不定，忽紅忽紫的強光令人張眼也有困難。

模特兒在奇異的幻彩閃光下，更添幾分恐怖，面對著那個可怕的模特兒，欣欣全身

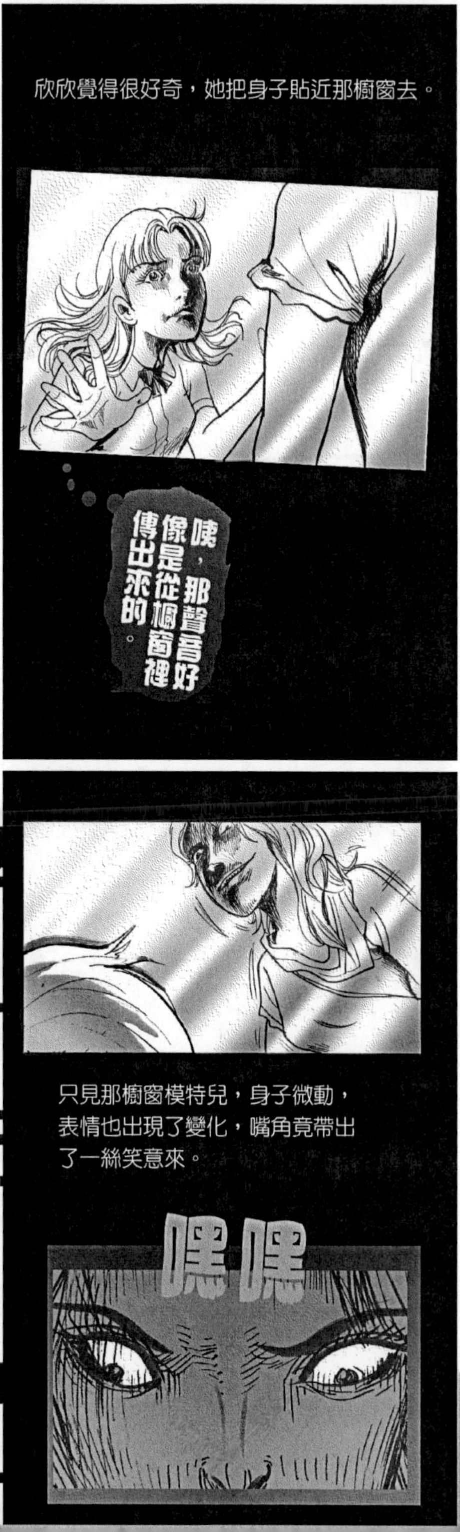
欣欣覺得很好奇，她把身子貼近那櫥窗去。
咦，那聲音好像是從櫥窗裡傳出來的。
只見那櫥窗模特兒，身子微動，表情也出現了變化，嘴角竟帶出了一絲笑意來。
嘿嘿

嘻
嘻

欣欣此刻已像不受自己控制一樣，
但那股可怕的吸力卻沒有停止。
有一股無形的吸力！
將她愈扯愈近，盡管她拼命以雙
手抵著櫥窗玻璃，仍然沒有用。

都已軟弱無力，完全被那股無形力量所擺佈。

最後，只聽那模特兒發出可怕的笑聲：

「傑傑……嘻……」

「不……不！」欣欣的高聲慘呼過後，整個身子便進入了模特兒的身體裡去，自己卻消失於無形。

一片死靜，持續了幾分鐘，光線漸漸由閃爍變回正常。

砰
呀
欣欣的頭部已撞在玻璃上。

欣欣全身都已軟弱無力
完全被那股無形力量所擺佈。
整個身子陷入模特兒裡去
自己卻消失於無形

剛才的一切就好像未有發生過一樣。

一切都正常得可怕，就連那模特兒都一樣，如常地保持著那個叉腰的姿勢……問題，臉上更沒有絲毫恐懼是欣欣呢？

女學生欣欣她到底去了那裡？

* * *

自進入模特兒身體的一刻，可憐的欣欣感覺得到，自己已經代替模特兒站在櫥窗前面。

「天呀，它到底將我變成怎樣了?有人救救我嗎?救命……救命呀……」欣欣想開口

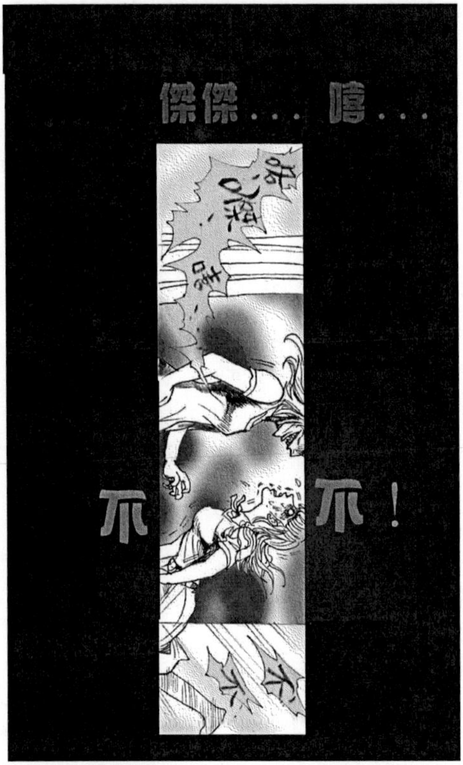

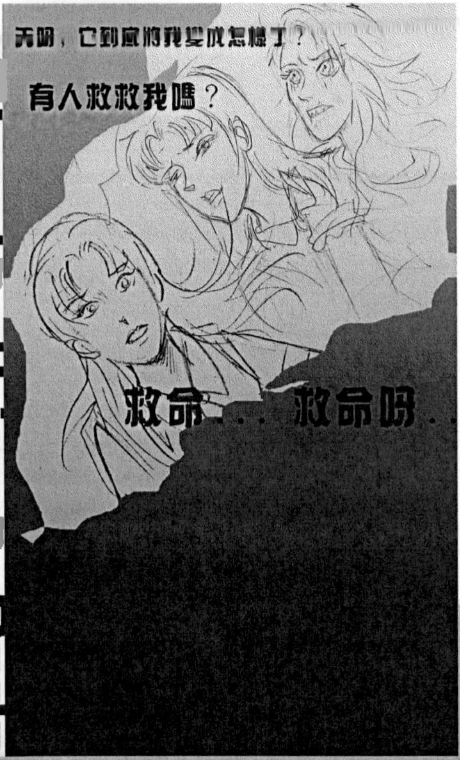

呼喊時才發現已是身不由己，整個人都像木偶一樣，動彈不得，面部肌肉再不能有任何變化，她此刻才曉得，自己已經成為模特兒的替身了。

而那個背後的惡靈像有操控某些人的魔力，包括子東和欣欣。

那麼，他們二人又是怎樣被櫥窗惡靈所擺佈的呢？

這就要由欣欣成為惡靈替身的某一天說起！……

這天星星服裝店如常在晚上開門。

欣欣想開口呼喊時才發現自己此刻已是身不由己，整個人都像木偶一樣，動彈不得。
面部肌肉再不能有任何變化，她此刻才曉得，自己已經成為模特兒的替身了。

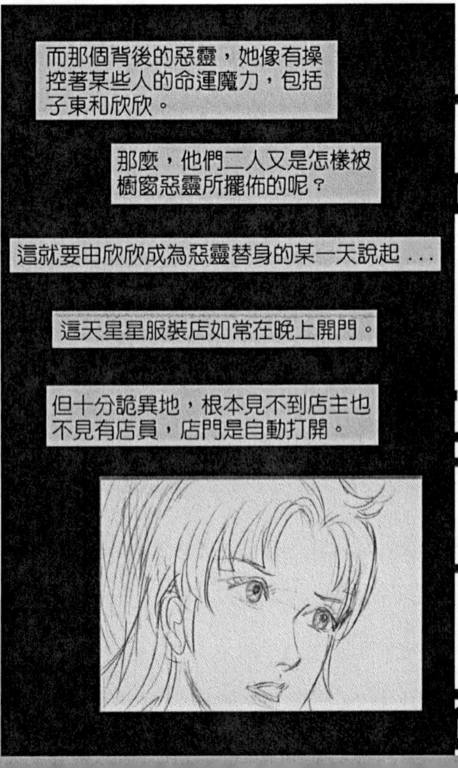
而那個背後的惡靈，她像有操控著某些人的命運魔力，包括子東和欣欣。
那麼，他們二人又是怎樣被櫥窗惡靈所擺佈的呢？
這就要由欣欣成為惡靈替身的某一天說起……
這天星星服裝店如常在晚上開門。
但十分詭異地，根本見不到店主也不見有店員，店門是自動打開。

但十分詭異地，根本見不到店主也不見有店員，店門是自動打開的。

「嘰……　嘰……」

首先是大門的鐵閘自動升起，接著便聽到「卡！」的一聲，相信這是門鎖的自動開啟聲。

接著，全店的燈光也續一開啟。

最後是櫥窗射燈的啟動，數度刺目的彩光，同時照寫在欣欣的臉上，更添幾分詭異。

欣欣也不知道自己被困了多久，只知道是日復一日，迷迷糊糊的渡過，但見她往日一對水溜溜的眼睛，現在只乾涸地圓睜，眼珠再沒有絲毫活動……在穩約中可見，櫥窗對開擺設的花園休憩處，坐著一個少年。

這少年的雙眼一直是凝神注視著她。

少年並非別人，正是子東。

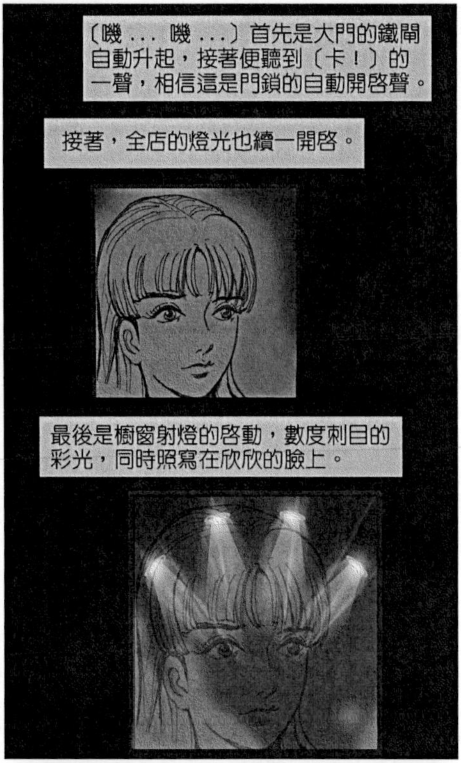
〔嘰 . . . 嘰 . . .〕首先是大門的鐵閘自動升起，接著便聽到〔卡！〕的一聲，相信這是門鎖的自動開啓聲。
接著，全店的燈光也續一開啓。
最後是櫥窗射燈的啓動，數度刺目的彩光，同時照寫在欣欣的臉上。

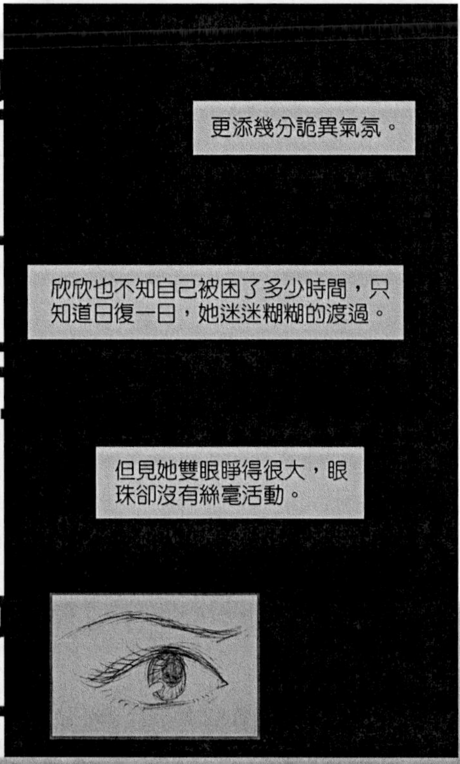
更添幾分詭異氣氛。
欣欣也不知自己被困了多少時間，只知道日復一日，她迷迷糊糊的渡過。
但見她雙眼睜得很大，眼珠卻沒有絲毫活動。

在穩約中可見，櫥窗外擺設的花園休憩處，坐著一個少年。
這少年的雙眼是定了神地望著她的
少年並非別人，正是子東。
他像看得入了迷般，每次都是坐足一小時才離去的。
結果有一天...
我背後的櫥窗惡靈終於有所行動了
忽然現出她那可怕的長相，把少年嚇跑，此之後，隔了好一陣子他都沒有再來過。

他像看得入了迷般，每次都是坐很久才離去。

結果有一天……

我背後的櫥窗惡靈終於有所行動了，她忽然現出她那可怕的長相，把少年嚇跑，自此之後，隔了好一陣子他都沒有再來過。

本來我還相信這個少年他知道我受惡靈所困，只有他才可以救我出來，但這一切都只是我的幻想，直至今晚，他再次出現，我才驚覺到還有一線曙光。

本來我還相信這個少年他知道我受惡靈所困，只有他才可以救我出來，但這一切都只是我的幻想

直至今晚，他再次出現，

我才驚覺到還有一線曙光。

這個少年竟然拿著鐵槌把櫥窗打碎，用這個方法救我出來。

這個少年竟然拿著鐵槌把櫥窗打碎，用這個方法救我出來。

到底他能否救出我的靈魂？那麼我的肉身又如何？我已變成了這模特兒的替身，惡靈的附屬體啊……

這一切很快便有答案。

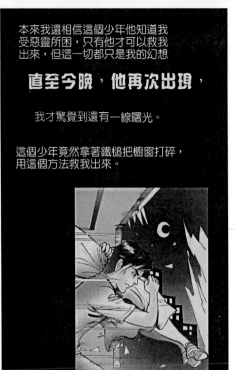

到底他能否救出我的靈魂嗎？
但我的肉身又如何？

就在星星服裝店附近有一座破舊的單棟樓。
這樓連升降機都沒有 …….

＊　＊　＊

就在星星服裝店附近有一座破舊的單棟樓。

這裡連升降機都沒有，因此子東他花了九牛二虎之力，才把模特兒抱上頂層天台，他的住所裡去。

子東的工作間小得可憐，書本和文具都亂作一團，因為他先前被那可怕的經歷所影響，久久未有作畫，自然是沒有心情去清理桌面。

當他提起勇氣再次作畫時，寫出來的依然是可怕的櫥窗模特兒，眼珠竟連著一條樹枝伸出來，嚇人之極。

子東並未因此而放棄，更索性將他原本的漫畫，由愛情轉為恐佈故事。

於是他變了一個畫恐佈漫畫的作者，而且還在webtoons平台上，取得極高人氣，很快便登上了榜首第一位，成為受人愛戴的漫畫家。

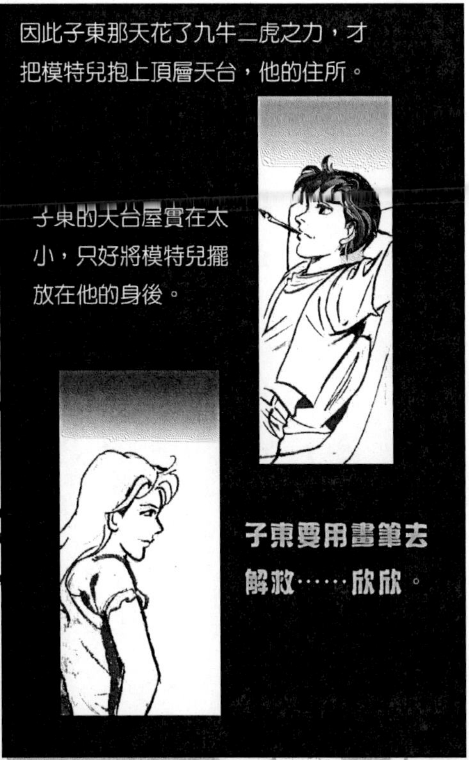

因此子東那天花了九牛二虎之力，才把模特兒抱上頂層天台，他的住所。
子東的天台屋實在太小，只好將模特兒擺放在他的身後。
子東要用畫筆去解救……欣欣。

因此，他要用畫筆去營救……欣欣。

子東的天台屋實在太小，只好將模特兒擺放在他的身後。

坐在轉椅上的子東轉過身來，正對著它。

「我知道你利用魔法侵佔了女學生欣欣，把他的神識和肉身都收入模特兒裡去。」子東面對著曾經嚇得他大病一場的惡魔，竟一點也不害怕。

模特兒沒有說話。

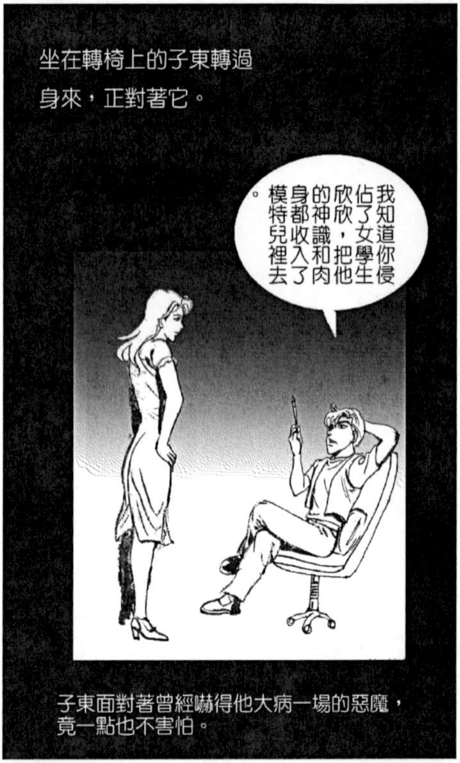
坐在轉椅上的子東轉過身來，正對著它。
我知道你侵佔了女學生欣欣，把他的神識和肉身都收入模特兒裡去了。
子東面對著曾經嚇得他大病一場的惡魔，竟一點也不害怕。

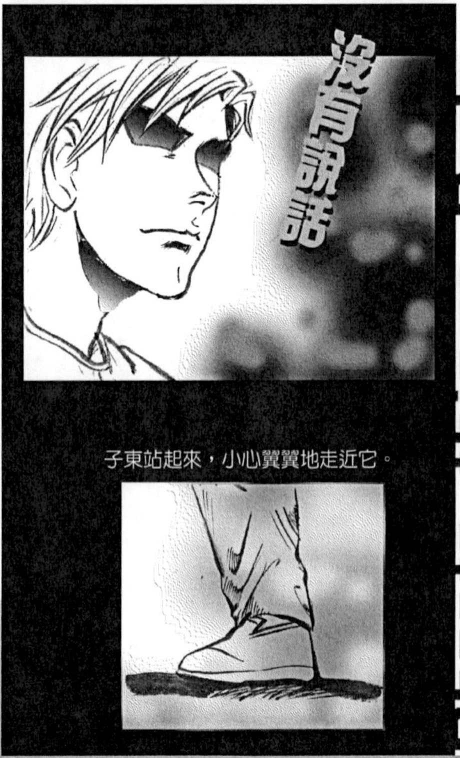
沒有說話
子東站起來，小心翼翼地走近它。

子東站起來，小心翼翼地走近它。

「小子，你真的不怕我嗎？」模特兒終於也開口了，而且聲線異常粗暴。

模特兒終於也開口了，而且聲線粗暴駭人。

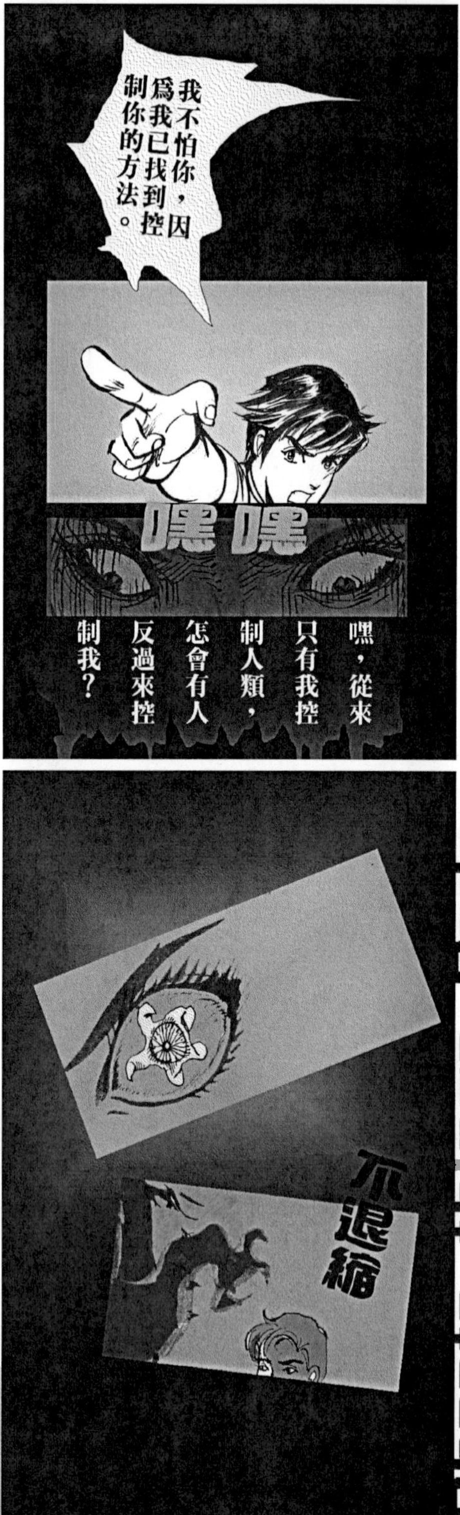

「我不怕你，因為我已找到控制你的方法。」

「嘿，從來只有我控制人類，怎會有人反過來控制我？」只見惡靈已從模特兒的眼睛和耳朵，開始伸出有刺的樹枝來了。

子東見狀，心底一寒，但強撐著勇氣，並不退避。

「那是因為我已找到你的最大弱點……」說話間子東已打開了他預先畫好的一張畫稿。

眼睛和耳朵，開始伸出
有刺的樹枝來了。

「好大膽天真的小子，竟妄想用畫來收拾我嗎？就看你有多少能耐吧！」惡靈伸出長長尖爪，裡面的眼睛正在凶光閃動，向著子東的面部咬來。

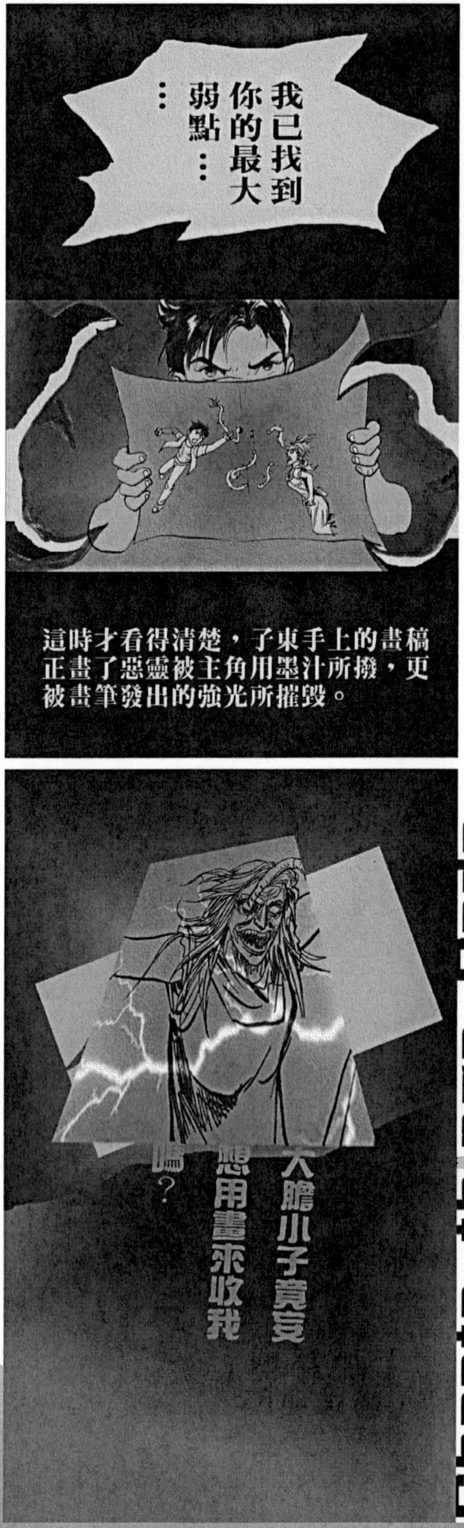
我已找到你的最大弱點……
這時才看得清楚，子東手上的畫稿正畫了惡靈被主角用墨汁所撥，更被畫筆發出的強光所摧毀。
大膽小子竟妄想用畫來收我嗎？

子東左閃右避，手中拿起桌面的墨汁往惡靈撥過去。

惡靈被撥得滿臉都是黑墨，只露出一對瞪大的眼睛，更加恐佈駭人。

「你……你就看我的畫稿吧！」這時才看得清楚，子東手上的畫稿正畫了惡靈被主角用墨汁所撥，而且被徹底摧毀。

一時間像時空易轉，萬物似在瞬間進入空靈狀態中。

這時模特兒開始變回欣欣。

吱....吱....吱
惡魔真的會被摧毀嗎？

「成功了！」子東心下大喜，他真的能夠用自己的畫稿來消滅模特兒惡靈。

「終於也救出欣欣！」子東見到欣欣得回真身，知道惡靈已經被驅走，歡喜若狂。

欣欣見到子東，禁不住內心的興奮：「太好了，我終於也接觸到你了，你真的來到救我……」

「但……這是真實的嗎？」欣欣眼神忽起疑惑。

「別擔心，這是真實的！」子東為了讓欣欣放心，上前握著她的手。

太好了，終於也成功救出欣欣了！
太好了，我終於也見到你了，你真的來到救我……
子東見到欣欣真的得回真身，知道惡靈已經被驅走，歡喜若狂。

二人的手指互扣起來，一直以來心底裡的情意，此刻都從眼神裡表露無違。

「以後我們可以活在一起，我寫的稿子再不會有那討厭的櫥窗惡魔出現，而且我只要你做我的女主角。」

「對，你可以寫回你的愛情故事了。」

「太好了，我不用再寫恐佈漫畫……」

就在此時，一把聲音隱約由外而內傳入，似在很遙遠的地方升起，畫面此時亦起變

別擔心，這是眞實的！

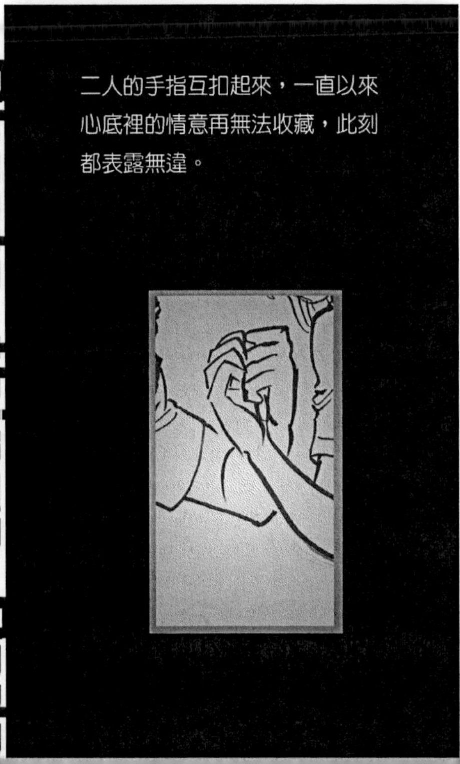
二人的手指互扣起來，一直以來心底裡的情意再無法收藏，此刻都表露無違。

化……

在那張用來對付惡靈的畫稿上，可以清晰地看到子東和欣欣，她們竟然都出現在畫稿之上。

這是否意味到子東和欣欣都進入了畫稿裡去？

更可能他們二人神識和肉體因進入畫中才避免受惡靈的侵擾。

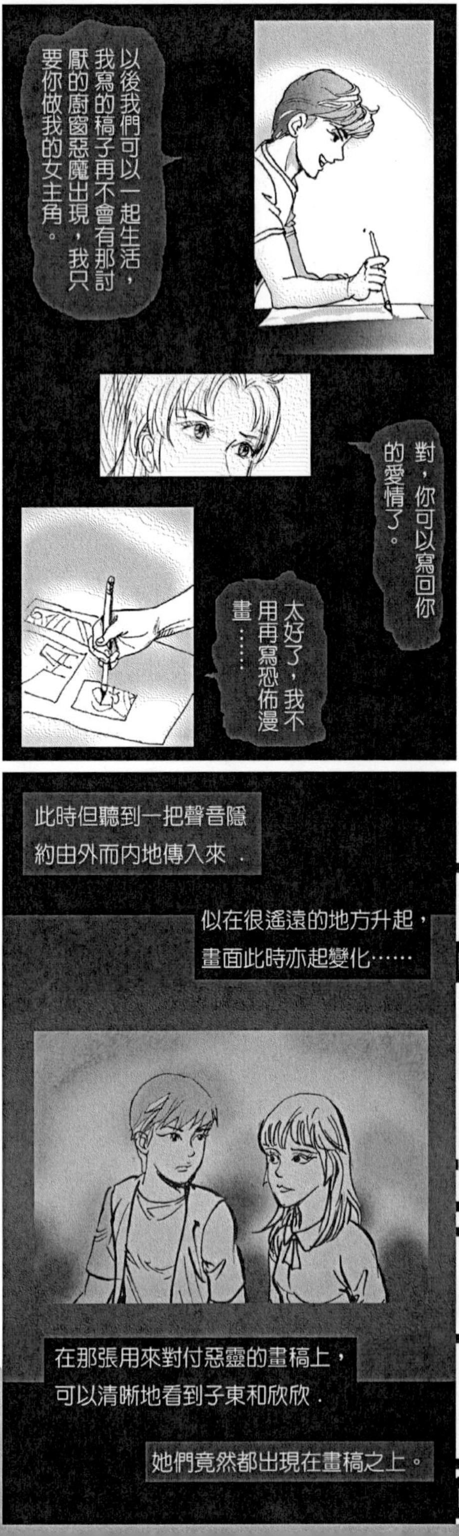
以後我們可以一起生活，我寫的稿子再不會有那討厭的廚窗惡魔出現，我只要你做我的女主角。
對，你可以寫回你的愛情了。
太好了，我不用再寫恐佈漫畫……
此時但聽到一把聲音隱約由外而內地傳入來．
似在很遙遠的地方升起，畫面此時亦起變化……
在那張用來對付惡靈的畫稿上，可以清晰地看到子東和欣欣．
她們竟然都出現在畫稿之上。

這是否意味到子東和欣欣
都進入了畫稿裡去？
更可能他們二人神識和肉體因進
入畫中才避免受惡靈的侵擾。
一切似乎都歸於平靜。
過幾天……星星服裝店。
櫥窗內，多了一個男模特兒。

男模特兒的樣貌說也奇怪，
竟跟漫畫作者子東一模一樣。
他們可以結成永久伴侶
但只限於在星星服裝店的廚窗內。

一切似乎都歸於平靜。過幾天……星星服裝店。

櫥窗內，多了一個男模特兒。

男模特兒的樣貌說也奇怪，竟跟漫畫作者子東一模一樣。

他們可以結成永久伴侶，但只限於在星星服裝店的櫥窗內。

本段完

PRAT 3

絕命升降

只有降沒升的一部機器，當你搭乘了它嘛……

絶命升降

「真的很趕時間……」正在等電梯的信輝，是個心急的人，今天遲了出門，如果趕不及巴士便要遲到，此刻他的心情就如一隻熱鍋上的螞蟻。

他手機上看看時間，又向上望，口中忍不住罵起來：「上層的人到底搞甚麼鬼？層層停的。」相信每一個人都有過信輝這種經驗。

遇到這種情況人人都會覺得不耐煩，但卻很少人會選擇行樓梯的，除非他像信輝般趕時間。

就在信輝要放棄等下去，想推開後門時，嘎的一聲，電梯門打開……

門是慢慢的打開，慢得有點不正常，但信輝沒察覺有問題，只因時間實在太趕急了。

正當他要進入電梯時，電梯門打開了一半便嘰格嘰咯地卡住，很不正常的又開又關，總之就保持半開半合的狀態。

「嘿，這部老爺機器，竟然在這個時候來玩我，真的太過份了！」信輝氣得像快要爆炸，一腳踢向電梯。

電梯被信輝這麼一踢，竟然沒有再卡住，出奇地正常起來，而且，不再卡住的電梯門快速關閉。

這還得了嗎？信輝馬上伸手去按動電梯門內的一條「安全門頂」，門便打開來了，

這方法相信很多人都試過，通常來不及按電梯時，才會冒這個手被夾的險，因此有人選擇用腳，好像風險較低。

人類自小便與電梯為伍，每天都要靠它來接載，上上落落，大家早已很熟悉電梯的脾性，尤其是自己居所外的那一部。

因此很多危險都變得「淡化」，變成了一種平常事。

且說信輝毫不考慮便進入了這部「古老電梯」。

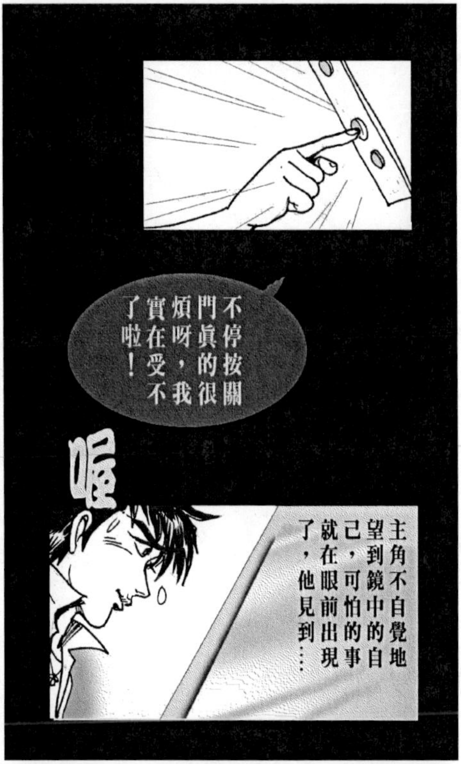
不停按關門真的很煩呀，我實在受不了啦！
喔
主角不自覺地望到鏡中的自己，可怕的事就在眼前出現了，他見到……

嘎……
哇
嘰……

故事一切就在電梯內展開……而且絕對是信輝此生最可怕的經歷。

門關閉，信輝便咆哮起來：「天呀，是誰做的？」

只見電梯內，所有的層樓都被按著了，這意味著每一層都會停下來。

趕時間的信輝此刻真的氣得面紅耳赤，但也無可奈何，口裡只好抱怨地說：「嘿，這座單棟樓只得一部電梯，否則便不會弄成我現在這樣子了！」

電梯落得一層便即停下來，信輝只好忍受，手裡不停在按關門鍵。

「層層停，真可惡！」

電梯又下了幾層，依然是層層停。

「不停按關門真的很煩呀，我實在受不了啦。」信輝開始按不住怒火。

就在這時，信輝不自覺地望到鏡中的自己，可怕的事就在眼前出現了……

他看到自己好像有甚麼不妥，但卻說不出到底甚麼回事。

電梯依然往下降，只聽到信輝驚恐的慘叫，比之機器升降磨擦所發出的刺耳聲更大

更響。

一輪嘰嘰……嗄……聲過後，電梯又停住了。

……到底電梯內發生了甚麼不可思議的事情呢？

鏡子出現了甚麼？

「天呀，那個是我嗎？」只見信輝望著鏡裡的自己，卻不敢相信這個就是他。

「我不是……這個年紀的啊……為甚麼……」

慘，我變成個老翁了……

我不要這樣呀，有氣無力的
16 14 12 10 8 6 4 2
叮

鏡中所見的信輝，竟然不是原來十七歲少年，而是一個年近三十的的成年人。

「叮！」

「嘰嘰……嘎……」刺耳的開門聲又再響起，外面滲入了一線紅光，令人心更加寒。

面對著眼前一片紅色景象，信輝想衝出去，但一時間卻猶豫不決。

門沒有等信輝便關閉，但每落一層，鏡中的信輝便又年長了很多。

「太可怕，怎麼辦？這升降機一定有鬼……」

電梯從三十六樓下降至廿四，廿二……十五樓，跟著是十樓……

嗄……

門緩緩地打開，只見信輝已變成一個滿臉佈滿綜錯交雜紋理的老人。

「慘，我變成了一個老翁了……」

「嗄…嗄，我不要這樣……」信輝此刻全身都有氣無力，連聲音也變得吵啞難聽起來。

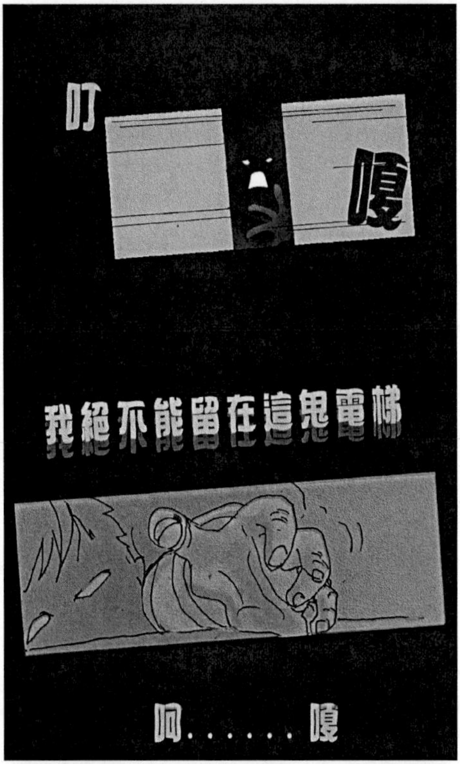

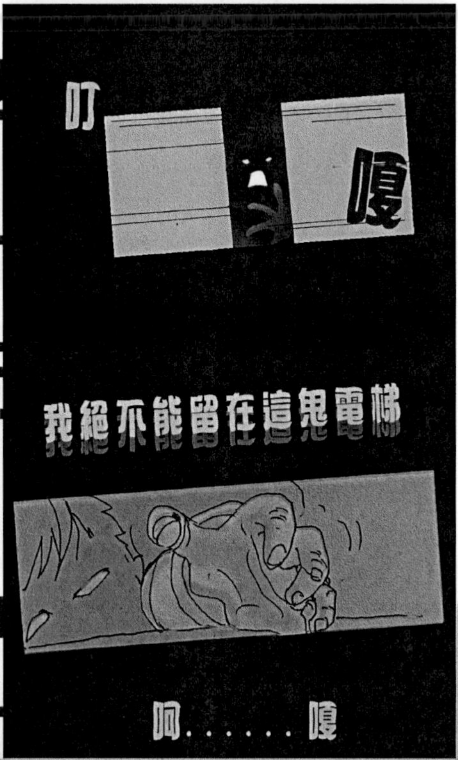

電梯沒有等待信輝而一直往下降，已經到了二樓，信輝雙手遮著面孔，不敢再從鏡中看自己，想大呼卻不夠氣，心想：「快將到達地下了……怎麼辦？」

門最後一次的張開，信輝這時已老至不能走動，竟然倒在電梯中。

「咳……我絕不能留在這鬼電梯裡坐以待斃的……」年老虛弱的信輝，有氣無力的把手伸出去。

「天呀，外面到底是個甚麼世界？」信輝內心正不斷在掙扎。

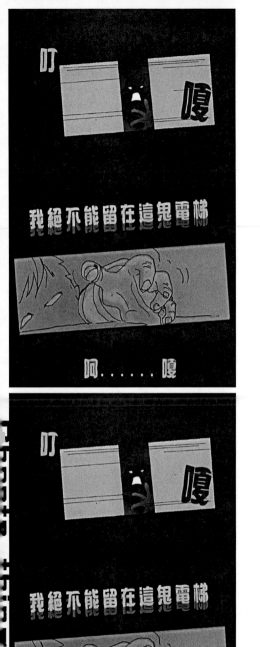

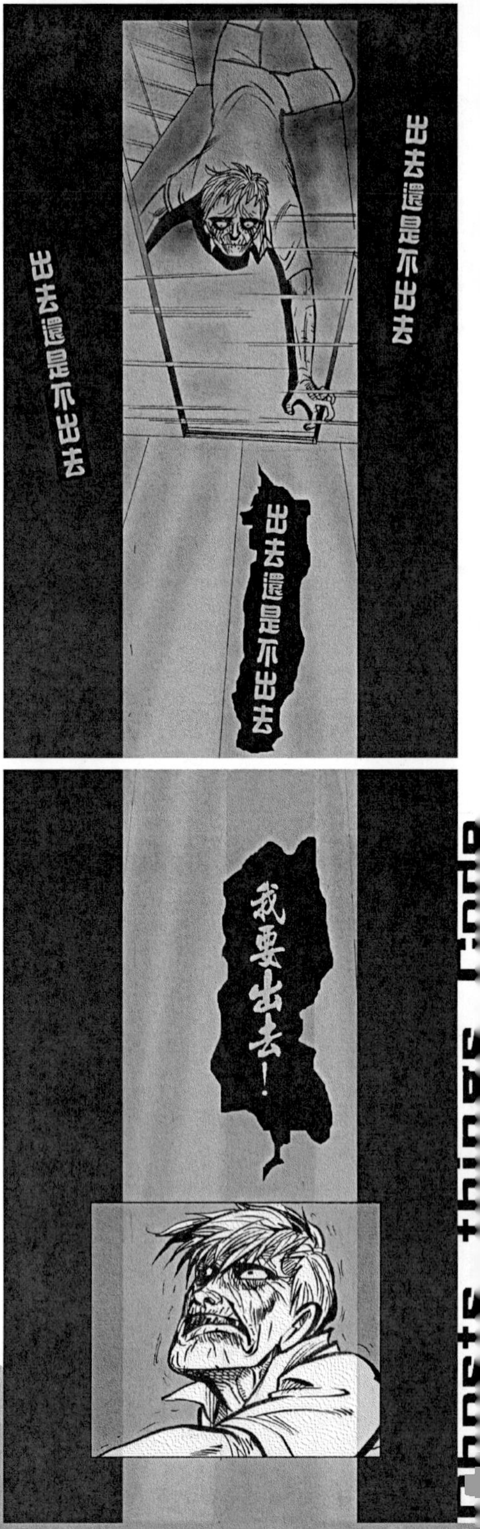

「到底我出去……還是不出去好？」信輝心在想著，門已完全打開……

這絕對是他人生中的一個最難下的決定，即使換作任何一個人，此刻也會無所適從，但試問一般人又怎會出現過如此的生死抉擇？

如果你是信輝，你又會如何選擇呢？

「出去」或「不出去」。

現在故事就要讓你去做決定，到底你有沒有選擇錯誤呢？

「出去還是不出去……出去還是不出去……出去還是不出去？」在短短的一刻，信輝不停的問自己。

時間愈來愈緊逼，電梯門快要關閉……

就在最後一刻，信輝終於有了決定：「我要出去！」

「我不能留在這鬼地方！」信輝用盡力氣，扶著電梯站起身來。

「我一定要離開這裡，到外面去。」渾身骨頭都彊硬的信輝，強撐著老邁的身軀，一

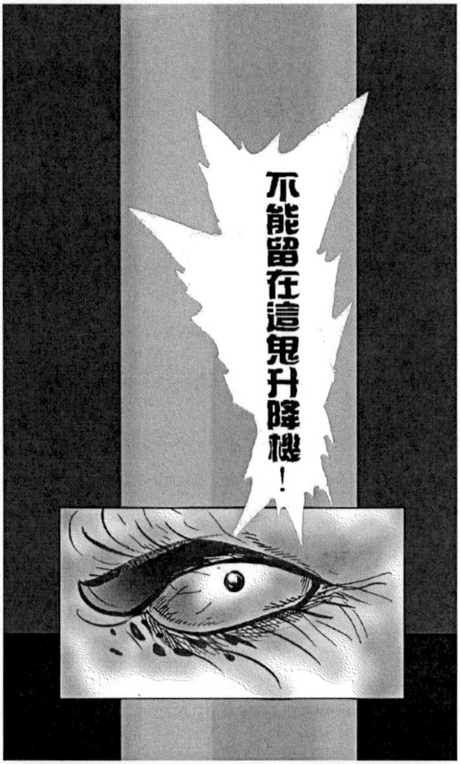
不能留在這鬼升降機！

離開這裡，到外面去。

拐一拐的行出了電梯。

電梯外本來是佈置得還算華麗的大堂，但此刻全都變了，變成破舊得不堪入目，昏暗的走廊，燈光閃爍不定，令人感覺有可怕的事物躲在身邊似的。

「大堂怎會這麼破舊，連鋼筋都外露出來，簡直像在大維修中，但我住的這棟大廈明明是新建成不久的，現在卻破舊成這個樣子。」信輝真的百思不得其解，除非真的在瞬間過了四十年吧，但這是不可能的事。

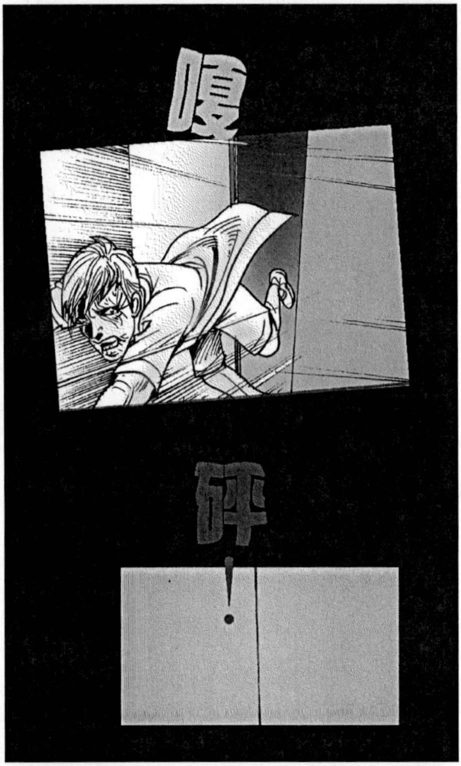

不覺間，信輝已行近大廈的大門口。

「若我這樣出了去，豈不是永遠變成現在這樣子……這個衰老模樣嗎？」信輝的腳步忽然停下來，猶疑不決。

「我是否應該回到升降機裡去呢？」只差一步之距便可以踏出這坐可怕的建築物，信輝卻生起可怕的念頭……就是返回鬼電梯去。

「應該要回去才對啊！」心意已決，信輝馬上便轉身回頭。

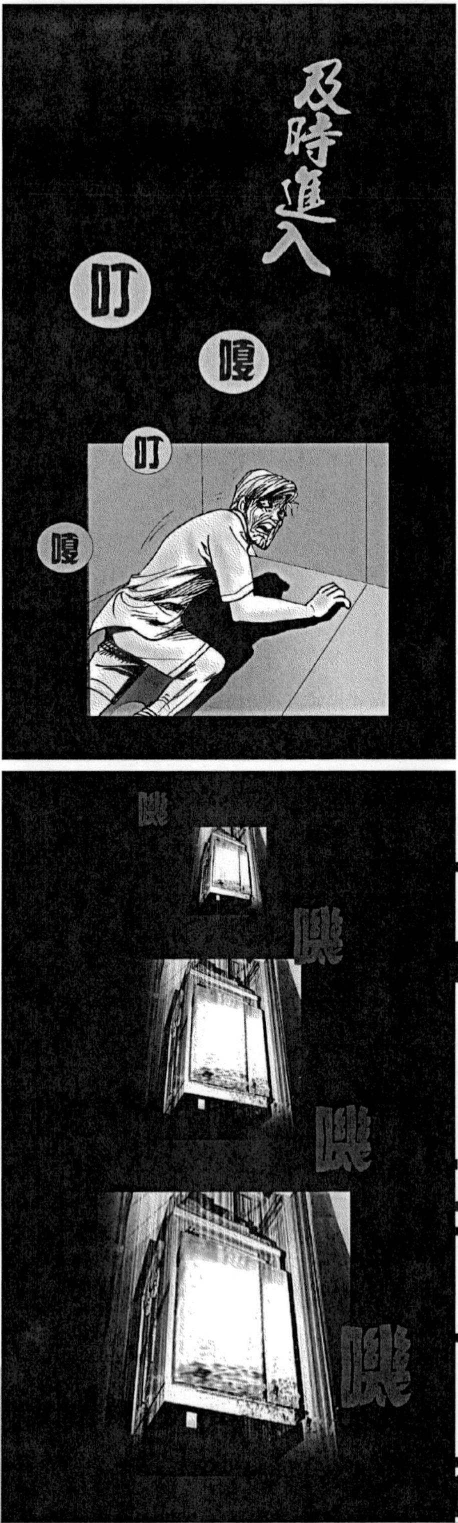

這時的電梯門又要關閉了。

不知那裡突如其來力氣，信輝拼命地奔回電梯去。

「不要關門呀！」信輝用盡最後一口氣大叫。

電梯是不會聽信輝說話的，只見門已關至一半，信輝就在關門前的一刻，側身險險涉入，幸而沒有被電梯門夾住，但亦是連爬帶滾撲進去的。

接著是砰的一聲，門關上。

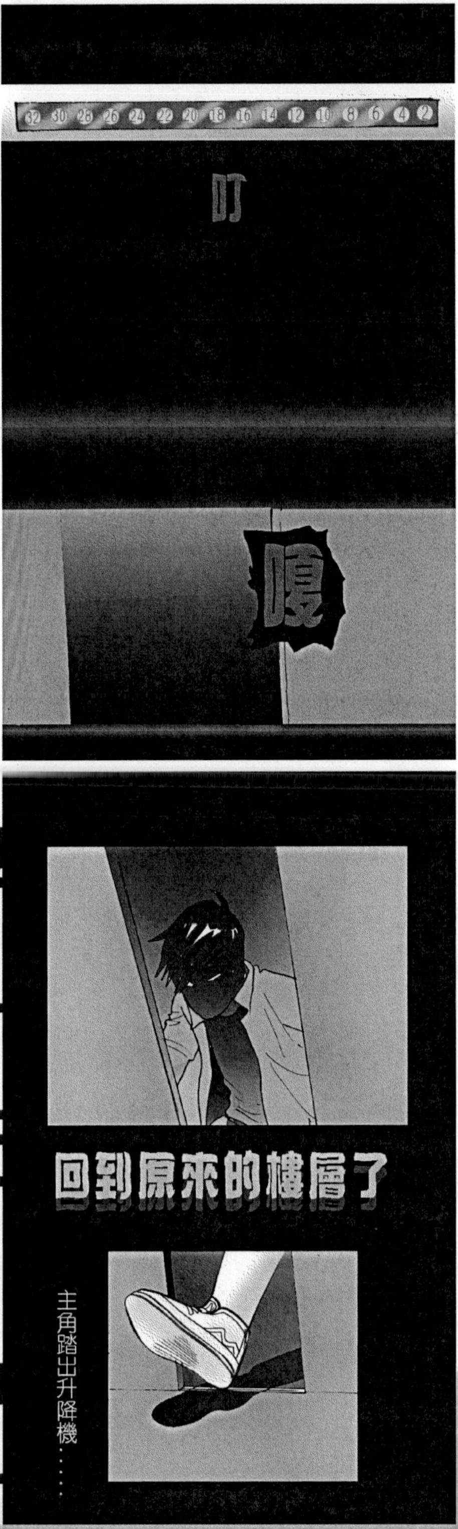

「及時進入，實在太好了……」信輝雖然是跌倒在地，但仍然高興得叫了起來。

但他的高興很快便止住了，因為他現在又身陷可怕的電梯裡，命運仍然是不可預期，可能比之剛才更加可怕。

電梯開始徐徐向上升……經過了一輪的嘰嘰響聲之後，電梯的顯示燈亦由底層一樓，持續地層層上升。

終於電梯回到原來的樓層了。

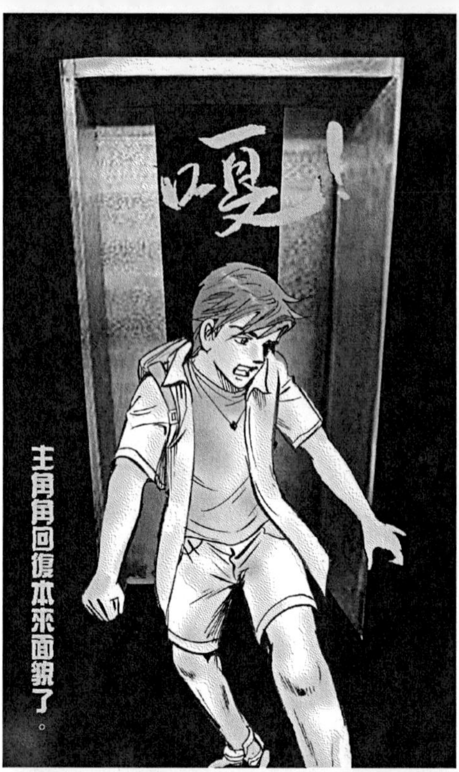
嘎！
主角角回復本來面貌了。

自此之後主角選擇了每天上落樓梯
再沒有乘搭升降機。
完

門打開，信輝已急不及待，一腳踏出了電梯……

說也奇怪，剛從電梯出來的信輝，已經回復了本來面貌。

「我……我回復正常了。」信輝以雙手撫摸臉部，摸不到先前的滿面紋痕，一時間幾乎哭了出來。

自此之後，信輝選擇了每天上落樓梯，再沒有踏足任何一部升降機了。

本故事完

PRAT 4

作者的驚嚇日常

請勿按心

每一日都是一場驚嚇，告訴你驚嚇中生存之道

作者的驚嚇日常

Frightened Diary

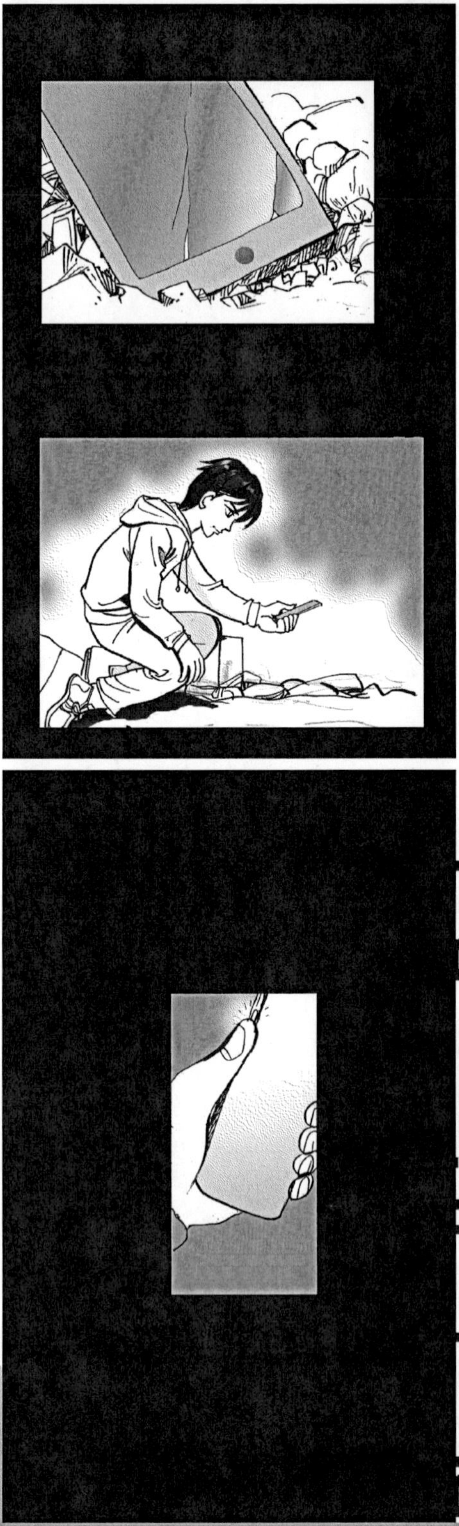

請勿按心

啟邦路經一個地盤，拾到一部手機。

「咦，這手機是甚麼型號？怎麼完全沒有見過的？」啟邦心裡十分之奇怪。

「試試能否開啟這手機。」

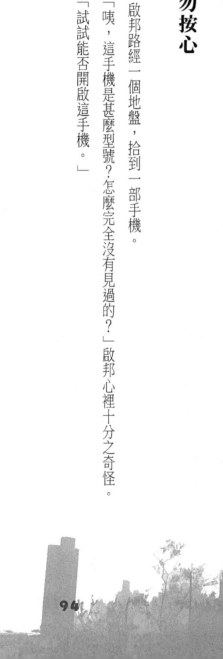

啟邦按了一會電源鍵，以為手機沒有反應，豈知剛想放開時，手機便開啟了。

「著啦！」啟邦感到有點意外的和喜。

「打開webtoons看看最新的連載情況。」

啟邦原來是平台上的一個作者，他的點擊率快要達到八十萬，但這也只是一個排名而已，要真正受到重視，人氣才是最重要的。

但很可惜地，啟邦的人氣並不高，甚至可以說是低，何解？主要是很少人「按心」之故。

這一點作者也百思不得其解，既然已取得了一定的點擊流量，好應該有讀者按心支持，作者往往不去想它，只管努力創作和更新就是。

且說那部剛剛拾起來開著了的手機，真的進入了webtoons，當作者進入了自己的作品時，正打算為自己按個心，奇怪的事便出現了。

忽然手機畫面上彈出一個警告訊息，寫著：「請勿按心」。

作者以為是誰的惡作劇，手指依然往心上按。

怎知即時心跳急劇加速，快得像失控一樣，更可怕的便是，那手機畫面上本來平面的心，竟變成真實。

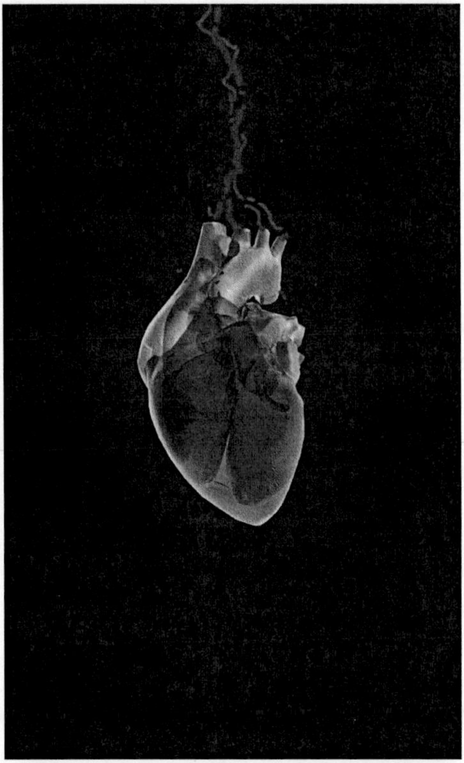

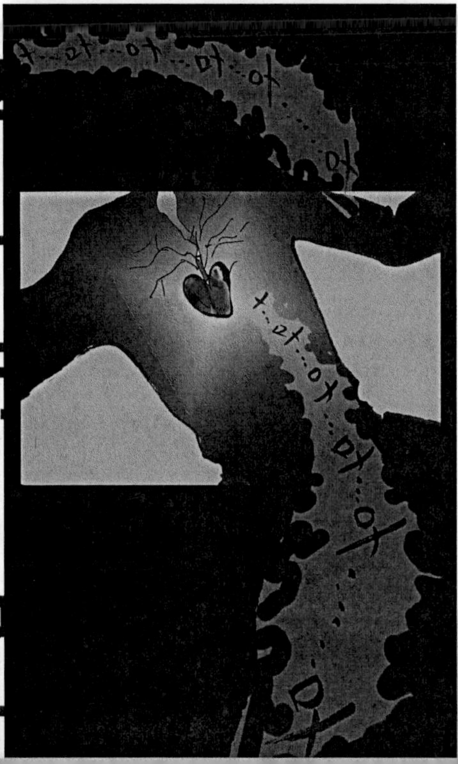

最後那個作者因心跳過速，導致心肌撕裂……心藏停止跳動。

本故事完

PRAT 5

作者的驚嚇日常

每一日都是一場驚嚇，告訴你驚嚇中生存之道

作者的驚嚇日常 Frightened Diary

5

無法關音

佳明是個音樂發燒友，時時刻刻都在聽耳機，不管去到那裡都是機不離孔……耳孔。

這天他依舊把他的耳機開得很大聲，除了播放的音樂之外，週圍的聲音他是完全聽不

的。

由最初用較合適的音量外，佳明一直都在不知不覺間，將音量調高，這情況其實也是很普遍，因為實在太多人都這樣做。

忽然，一股強大的音量衝擊佳明的耳朵。

「嘩，好大聲，受不了啊！」

「一定是播放機壞了，要馬上把聲音下調……」

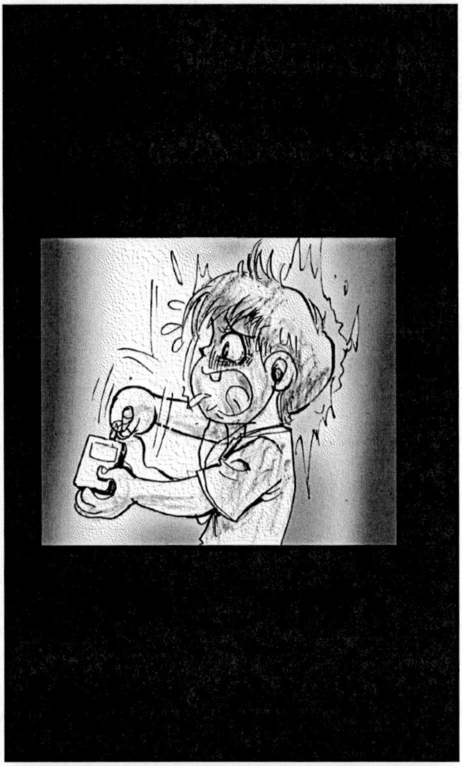

「怎麼會這樣的，調不到聲音細一點？」那音樂聲仍然是震耳欲聾。

「管不了，硬把耳機抽出來算了……」

只可惜這時候連耳機都已經沒法抽出來了。

佳明最後的嘗試是把耳中的耳機拉出，但依然不成功，耳機就好像已經植入了耳根深處，怎樣也拉不出。

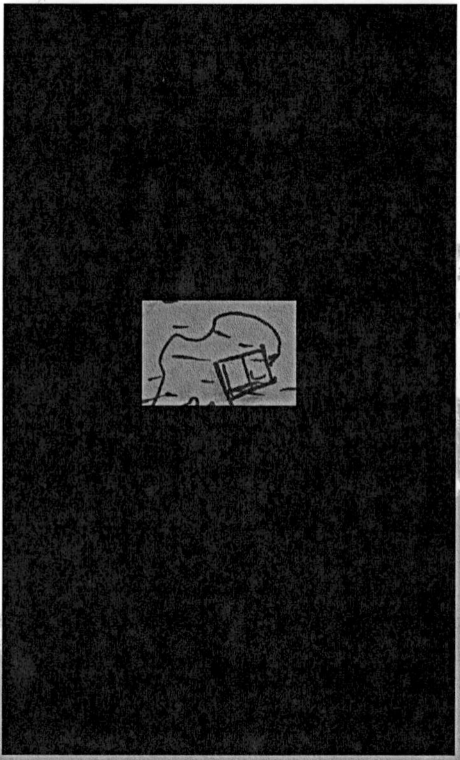

就這樣，佳明在腦子一片昏亂中倒下。

這時魔音串串在空中飄盪，佳明的耳機圍繞。

本故事完

PRAT 5

玄易師

一代相神，對抗同年同月同日生之天敵，實踐他的心相道

4 天理循環惡人得報應，天道無情好人亦遭殃

轉眼又過了一年，方見仁他經過上次的事，性情也變得異常緊張起來，時常也擔心有人會對他和家人不利，不自覺的眼神變得閃縮不定，經常杯弓蛇影，但對客人胡言亂道的惡習

則絲毫未減，結果真的因為前言不對後語，因此生意一落千丈，最後還因為信口開河，開罪了一個地方惡霸，要變賣田地及家檔，才足夠賠償。

其後他急於求財，亂用千術，結果被人揭破他的騙人伎倆，弄至臭名遠播，聲名狼藉，變成一隻人人唾罵喊打的過街老鼠，被逼收拾細軟，連夜舉家離開京城，再不敢掛牌當相了。所謂世事難料，方見仁萬萬想不到也計算不到，只不過是一年光景，自己竟會淪落到如此地步。

在京城這個地方，雖然繁榮昌盛，官商富豪特別的多，一朝得到權貴的人便可以呼風喚雨，官商勾結即可隻手遮天，真正所謂貧者愈貧，富者愈富，有人一朝顯達，亦有人一朝破敗，所以這個地方從來便對風水命相之術需求甚大，走了個見龍居士方見仁，很快便又會有別的大師補上，過程中自然又有一番龍爭虎鬥，各出奇謀而無所不用其極了。

對於一般的貧苦大眾來說，這個京城之地，可謂了無生機，表面的繁華只能造就出更多的人貧困，兩餐不保又如何能安身立命，所以這個年頭特別多人離開京城，另謀出路，有人退隱山林，亦有人回鄉務農，以耕種謀生。

且說這邊廂的小遠陽已足七歲，他很快便忘記了上次被困石屋的事，但卻一直未有忘記

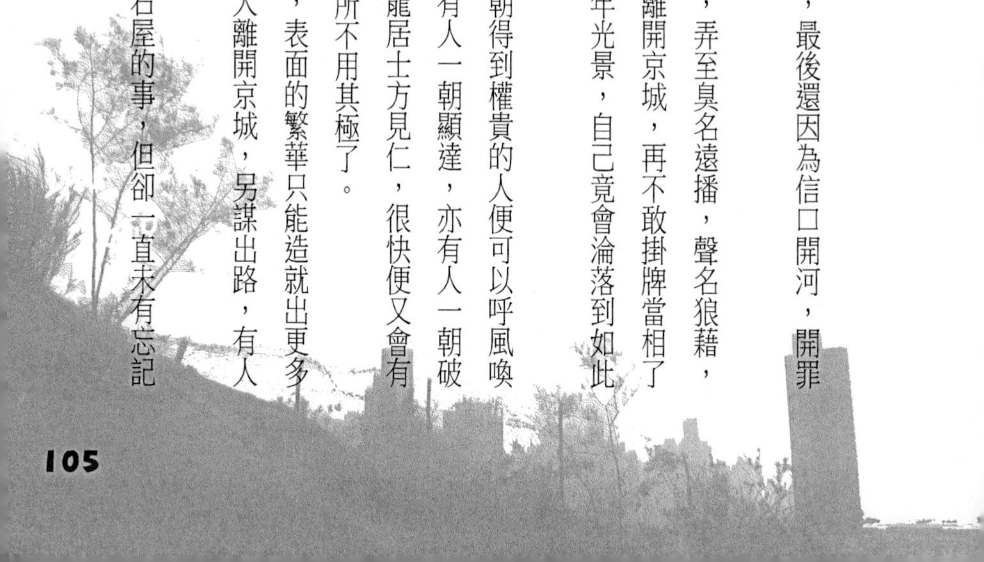

救了他一命的小女孩，還把她那塊小花布收藏起來，偶而打開來看看，心裡想著自己還有機會碰見這位救命恩人嗎？

經過上次發生的事件後，丁一山只知道兒子已經應了劫數，險難已過，於是專心工作，希望可以令生計有所改善，但可惜事與願違，他的運氣一直都不好，處處碰壁，更由於長期的操勞過度，令右手筋骨勞損，再無法以打鐵謀生了，在徬徨無計時，他也想過重操故業，以相人謀取生計，但當一想起孫家父子的慘事，卻情願餓死也不想去當相士。

再不幸的事情，莫過於他一向身體多病的妻子喜鳳突然病逝，這對他們父子二人的打擊十分之大，丁一山更抱怨自己沒有本事，起初本想帶著妻子由家鄉陝西，來到京城尋找理想的生活，可惜事與願違，要妻子跟著自己捱窮受苦，最終都未享過半點清福，食過一口安樂茶飯便去世了，這個打擊令到他一蹶不振，終日借酒消愁。

一家人生活過得本來是很愉快的，但人生變幻無常，世事難測，這對於年紀尚幼的小遠陽來說，今次打擊之大和影響深遠，是難以計算的。

為了離開這個傷心地，丁一山帶著兒子回陝西家鄉，打算過一些平靜的日子，他不想小遠陽留在京城這種既是天堂，又似地獄的地方長大，這裡絕不是他們落地生根的理想地方。

他們的家鄉就在陝西的宜川縣秋林鎮古土村，這裡的人都是以務農為生，父子二人來過著一些簡簡單單的農村生活，吃的雖然是粗茶淡飯，但不需要像以往那樣，仰人鼻息，倒也自在無憂。

這一日是一個天朗氣清的中秋佳節，以往在京城必定四處都掛滿五光十色的彩燈，熱鬧非常，如今在小小一條農村裡，便少了這種氣氛，小遠陽今晚手裡挑著一個自制的紙燈籠，身後跟著一班小伙伴，從村內到村外，連成一串，自成風景，煞是好看。一起嗚哇亂叫著，其中有個小童叫向盛，他建議到村裡一間被荒廢了很久的破屋去。

「這屋子傳說有鬼的，我才不去！」其中膽子小的，馬上便要離去。

小遠陽卻想去見識一下這間所謂的鬼屋，決意要去，於是剩下的四個小孩，小遠陽、向盛、向東和燕茹，壯著膽子便向那「鬼屋」進發。

一路上只見四人提著小燈籠，遠遠看去彷如四點搖擺不定的燐光，更加添上一層神秘又詭異的氣氛。

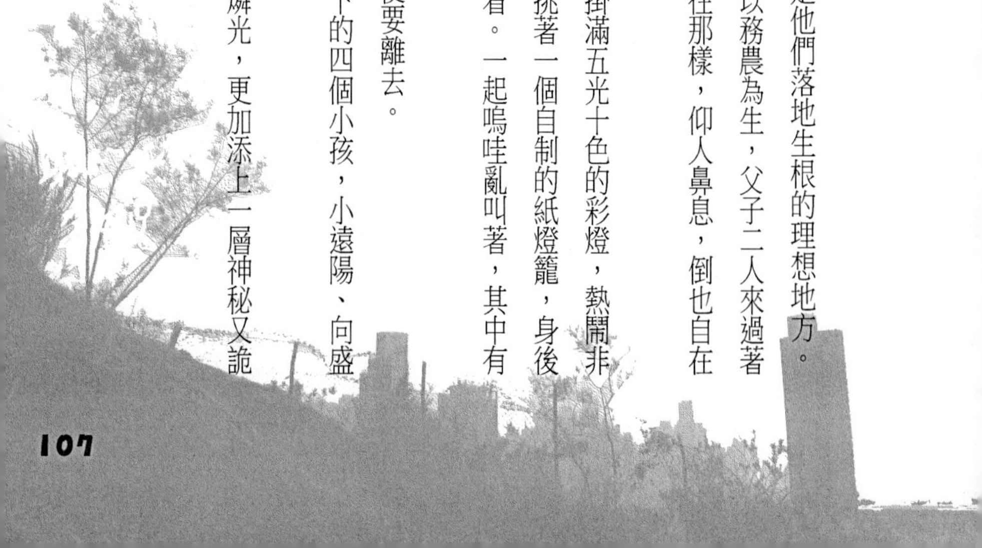

「你們知道嗎？聽我爹爹說，這間屋以前是一間很大的藏書閣，藏書萬卷，本來皆異常珍貴，是姓林的富商在外面發了達，衣錦還鄉所建成的，後來被朝廷抄家，所有的書都被搬走，其餘的便當場以一把火燒光。」

「不知道為甚麼會發生這樣的事呢？小遠陽，你是從京城回來的，你一定知道這是甚麼一回事了。」向盛問道。

「這點我也不大清楚，但聽我爹說過甚麼文字獄，情況好像有點相似的。」

其中一個孩子向東說：「聽大人說，其中有莫大冤情，所以傳說這裡到了夜晚，經常會發出低哭之聲來，十分可怕呢！」

「不要說了，再說我便不敢去啦！」燕茹害怕起來了。

眾孩子笑哈哈的，都說女孩子特別膽子小，其實他們的心底裡，又何嘗不是在顫抖呢？

四人來到破屋門前，腳下開始遲疑起來了，誰都不敢再向前走上一步。

「這度大門已破，我們從破口進入吧！」還是小遠陽先開口說話。

「好，我們一起進去。」各人鼓起勇氣，提著燈籠，遂一進入破屋裡去。

只見裡面那有書卷，一點都不像是個藏書閣，裡面雖然有很多書架，但全都空空如也。

「這裡一點也不好玩，我們還是到別處去吧！」燕茹首先喊著要走。

「是呀，反正這裡也到過了，還不快離開幹嗎？」眾人異口同聲，都表示要離開此地。

忽然破屋裡括起一陣怪風，吹得滿地塵土飛揚，破布漫天飄飛，四個小童手中的燈籠也被吹得翻起來了。

眾人馬上嚇得面無人色，急忙抓住燈籠怕它被風吹走，一時間都不知如何是好。

忽然砰的一聲巨響，半垂著的一個牌坊被風吹了下來，跌在大堂中央，發出令人膽碎的巨響，幸好沒壓到小孩子，但經這一嚇，四人那敢再作逗留，拔足便跑，小遠陽是最後才走到門口的一個，分外心急，一不小心便絆倒在地上，其餘三名小孩只顧著奔跑，那裡還有時間回頭，早已溜到遠處去了。

「嘿，你們這班沒有義氣的傢伙，溜得這麼快，也不理會我！」小遠陽心中有氣，爬起身來，正要離去，卻發現自制的燈籠掉在大堂的旁邊，還燒著了一張破布簾，正在冒起火來，於是折回去拿起一張掃把，將火拍熄。

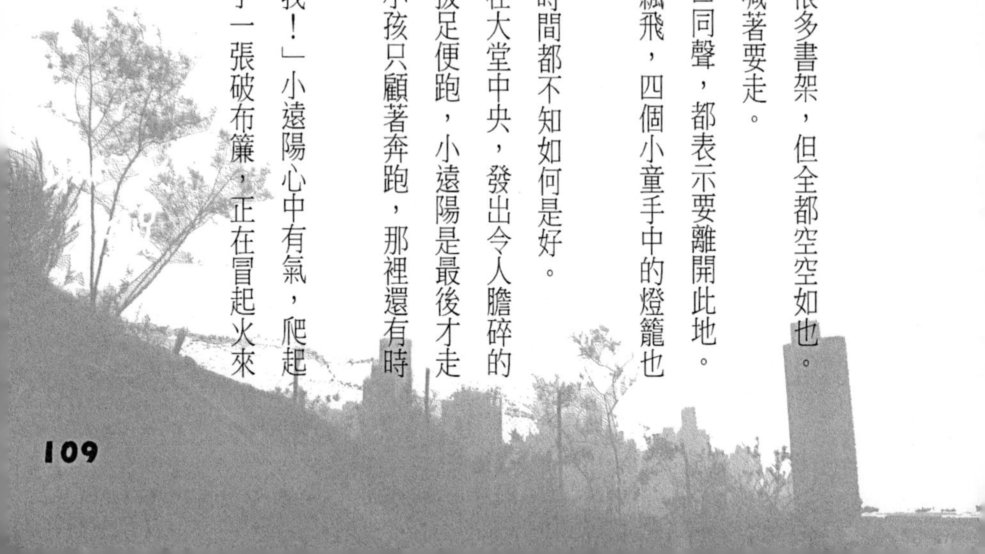

那掃把子實在太破舊，經不起拍打，掃頭斷開了，只剩下手中竹柄，忽然有一物自竹柄掉下來，小遠陽拾起來一看，發現原來是一卷小冊子，寫著：「神相照膽經」，但他識不了幾個字，只懂得個神字和相字，猜想這一定是本關於相術的書。

他又看看那枝竹管，發覺原來是空心的，這引起了他的無限好奇心。

「哦，原來是一枝空心竹，內裡藏著這本小書。」小遠陽好奇下，把此書帶著離開。

翌晨起來，小遠陽馬上便拿出那部相書來看，見到內裡全是文字，也沒有圖畫，跟本看不懂寫些甚麼？本想拿去給父親，但想到父親一向很不喜歡命相這回事的，他一定不讓我看，說不定還會把它撕毀，但他卻又很好奇，很想知曉此書的內容，於是想到去找村中識字的董伯伯，向他請教那不是可以了嗎？

董伯伯年青時在村外讀過幾年書，雖然沒有甚麼學問，但也略識文字，留在鄉間也沒有再離開本村，閒來便教村中孩子們讀書識字，人家都會在大時大節送些東西給他，以表謝意，丁一山少年時也有跟他學過寫字和唸過書的。

「爹，我今天要去董伯伯那裡學寫字和讀書呀。」小遠陽對父親說。

丁一山覺得有點奇怪道：「你這孩子，平時叫你有空便到董伯伯處，你卻不去，只管跟朋友玩耍，今天卻自己說著要去，真令人費解。」

「爹，其實我以往住在京城裡已經想讀書，但因為私塾的學費太貴了，幸而這裡有董伯伯，他這麼好人，教我們小孩子讀書識字又不收分文，我怎麼不學呀！」小遠陽忽然老氣橫秋的，真令父親哭笑不得。

「既然如此，那快去吧，記得早去早回。」

董伯伯就住在對面不遠，見到小遠陽一彈一跳的來到，臉上慈和的對他說：「怎麼啦，今天不用跟小朋友們玩嗎？」

「董伯伯，暫時我都不要玩樂，因為我要讀識一本書。」小遠陽臉上認真的說。

「哈哈，你這小子何時學得那麼認真的樣子？」董伯伯眼中的小遠陽，一向都是貪玩又不認真的，見他忽然變了這樣，真有點奇怪。於是說道：「到底是甚麼書，拿出來給我看看吧。」

小遠陽從懷中取出那本叫神相甚麼的書，遞給了董伯伯，說道：「我真的很想讀識這部

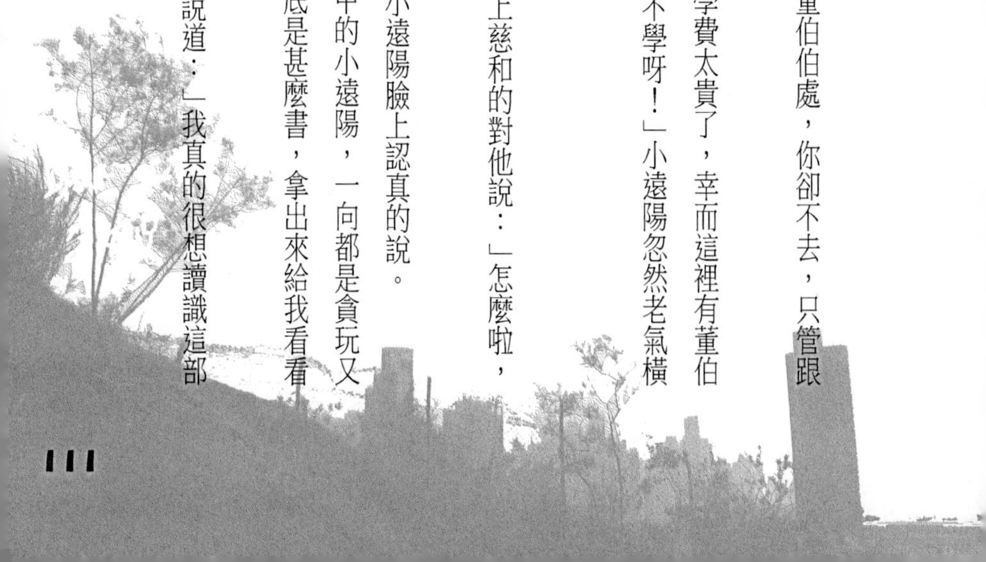

書，但裡面的字我懂得實在太少，這便有勞董伯伯你教我了。」

董伯伯接過這本書來看，說著：「神相照膽經？」又翻開來看，此書頁數不多，就只得數十頁，但見裡面有很多術語，他一時間也看不明白，大概知道這是一部講解面相五官的相書。

董伯伯說道：「我也聽說過你爹以前曾經在外面學過相術，這書一定是他給你的了？」

「哦！是真的嗎？這事我從未聽爹提起過，這書也不是他給我，是我無意中拾到的。」小遠陽抓著頭兒說。

董伯伯有點奇怪地問：「這是一部相書，你爹懂得相術也不叫他教你嗎？董伯伯那裡懂得教你？」

「爹他老是說要幹活沒時間，而且此書的文字太深，連他也有很多不會讀，董伯伯你只要教曉我書中的文字就可以了，致於內容和那些術語，我就回去問爹爹吧。」

董伯伯見這孩子那麼熱誠好學，心裡也覺得高興，便答應他說：「好，那麼我便教你吧！」

「多謝董伯伯！」小遠陽高興得歡天喜地的亂跳，就連董伯伯也都樂起來了。

自此，小遠陽每天早上都來，因為他記性特別好，這本書的文字也不算多，前後也不到五天功夫，便全部記入腦子裡，而且能夠一字不漏的背誦出來，只是有很多艱深術語不甚明白，例如甚麼怪、古、清、奇，甚麼三元星度（照膽經的觀流年法）等等，兩人都是一竅不通。

幸好照膽經裡亦有一些較能明白的內容，例如書中所載的「五官命相說」就是，其主要講述面上五官中的：眼、耳、口、鼻、眉等部位的形相，以反映人命之吉凶喜忌，董伯伯於是盡量用淺白的解釋，令小遠陽可以理解，年紀輕輕的小遠陽也很用心地去學習。

經過一段很短的時間，已令到董伯伯對這個孩子另眼相看了。

自從小遠陽學懂相書中的文字後，經常都會不自覺地想到那本相書照膽經中的文字，好像有一種與生俱來的心靈力量，在推動著他，令到他產生一種氣質來，他愈來愈與其他小孩子有所不同了。

小遠陽自小便有一種留意人和事物的奇怪習慣，現在兩者合而為一，形成了他更進一步的獨特行為和思考模式。

例如，有一次向盛在大發脾氣時，他會看看他的鼻子是否有一塊骨，因為照膽經書中有提到，鼻樑起骨節的人會很大脾氣的，果然是。另外有一次，他覺得燕茹的膽子很小，於是便留意她的咀兒是否太細小，也沒錯，果真如此。朋友中家境最好的可算是向東了，額頭生得又圓又廣的他，也是和書中所說的一樣，還有最得父母寵愛的就是燕茹了，書中寫耳朵生得厚和輪廓分明，又耳珠有厚垂的，一定得到父母的疼愛，又是中的，這一切都非常之奇妙，久而久之，小遠陽已不自覺地把面相和日常生活互相連結起來。

這天小遠陽回到家裡，只見父親一臉怒火，已心知不妙，更看到桌上放了一支籐條，急得眼淚就要流出來了。

原來董伯伯剛才遇到了丁一山，稱讚他生得一個天份奇高的孩子，將來一定前途無可限量，又提起小遠陽要他教讀相書的事，丁一山聽了，便立即回到家裡來，他對命相之術甚為厭惡，更加不想自己的兒子接觸得到。

丁一山厲聲問道：「你告訴我，你是否拿了本相書去叫董伯伯教你？」

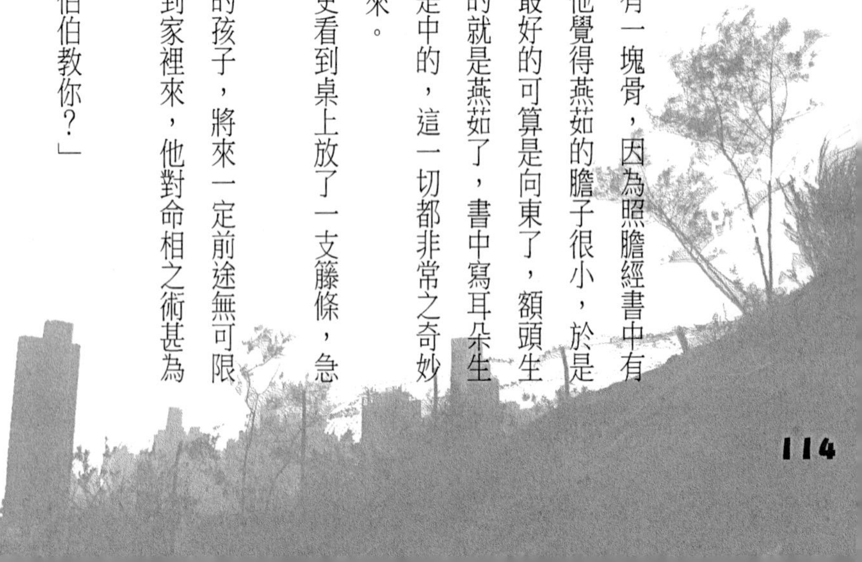

「是……是呀！」小遠陽戰戰兢兢的回答。

「那本書呢？給我拿出來！」丁一山聲色俱厲，小遠陽那敢不從，馬上從身上拿出相書，交與父親。

丁一山學相以來，所認識的不外是麻衣、柳庄和水鏡等一般江湖應用的相書，卻從未聽說過有照膽經的，他也沒有打開來看看，便即問道：「你是怎樣得到這部相書的？」

於是小遠陽把得到相書的經過說出，他年紀小小竟有這種奇遇，丁一山也覺得非常之驚訝。但無論如何，即使這是天意，他也要阻止，因為他覺得這是一種會為害人間的學術，絕不能學，於是拿起照膽經一手就撕碎了，並訓斥道：「你要記著，學相學得不好就會禍害人間，即使學得好，也會受人利用，總之就不准你學，所有類似的書也不可以看，知道嗎？」

「爹，孩兒知道了！」小遠陽眼看著書被父親撕破了，心裡暗暗慶幸全書都已記到腦裡去。但父命難違，也只好答應父親說：「爹，我答應你不看這些書吧。」

本來丁一山要用籐條來略為教訓一下小遠陽的，但父子情深，又那裡打得下手，故此事便不了了之，小遠陽對相術之興趣與日俱增，觀察別人的時候更多，只是很少說出口來而已。

這年頭可謂風不調雨不順，近日來氣候反常，大暑不熱，反有餘寒，農作物失收的情況嚴重，現在靠務農為生的丁一山，真想不到，自己從城市回到鄉間後，以為可安居樂業，豈料還是要受到上天擺佈。

這天晨光初現，小遠陽一早便起來了，昨天他睡得很不好，整夜裡反覆不安，他來到了屋外，見天際遠方暗現赤紅之色，心裡即有一種不安的感覺，他來到了石橋上眺望河邊，發現很怪的現象，就是岸上有很多的死魚，奇怪地是海面也比平日來得不尋常的，因為有很多魚在水面跳來跳去。

小遠陽又來到平時玩耍的空地，想找小伙伴們玩耍，忘記心中不安的情緒。卻發覺到，就連陸地上也有怪現象出現了，一群田鼠忽然衝出農田，直往山上奔去。再看看腳下的蟲蟻也跟平常不一樣，好像失了方向，在四處亂走似的。

他平日閒來最喜歡蹲著看螞蟻，所有人都覺得他這怪癖很是奇怪，但小遠陽卻注視牠們的一舉一動，例如不同蟻類，有不同的動向，有一次更看到兩幫蟻類群鬥。但他比較喜歡看

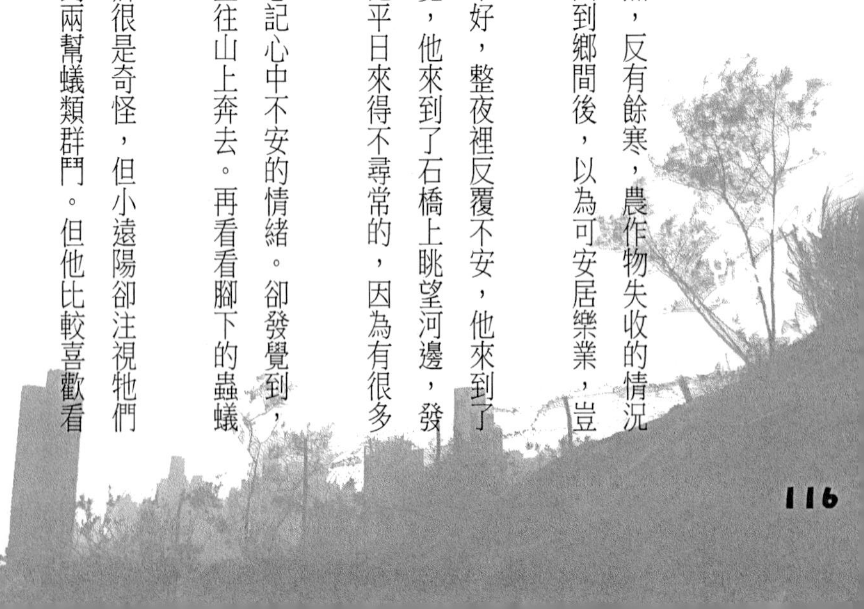

的，是牠們那種團結精神，各守本份的合作，把食物搬入蟻洞去，這令他看得入迷。但此際的蟻群，竟全部從蟻洞裡爬出來，作四方散走。

這一切都與平日有所不同，很不妥，但小遠陽也沒法知道是甚麼不妥，總之心裡感覺很快將會有事發生。他馬上跑到家裡，把這件事情告訴父親。

「真有這種怪事？」丁一山馬上便出去看過究竟。

他們就住在橋上較高的地方，所以望得也比較遠，果然海邊的情形和小遠陽所說一樣。

丁一山聽老一輩的人說過，這是災難即將來臨的現象，驚嘆兒子年紀小小，竟然有著這種和動物一樣的警覺性，他更加相信，這孩子是與生俱來有一種獨特的天賦。

就在此時，屋外一聲隆然巨響，跟著便是傾盤大雨，耳中的聲浪此起彼落地響個不停，雷聲和雨聲交織在一起，令人心神不定。

大雨下個不停，很快地農田已被浸過，丁一山無奈地嘆一口氣。帶著雨傘出屋外看看情況，只見外面的水位上升得很快，幸好他們住處較高，但住得較低的人家，屋裡已被雨水湧進了。

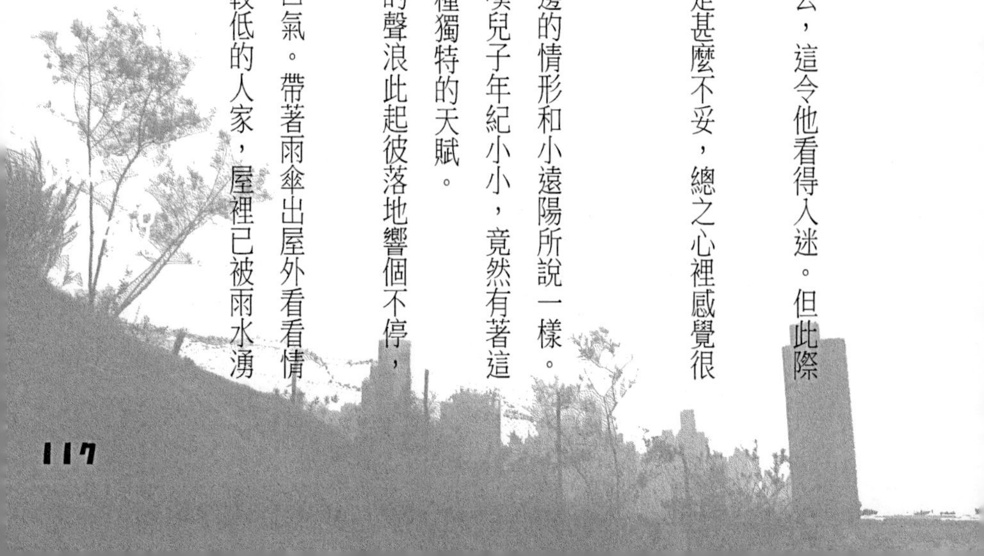

丁一山知道雨水很快便會湧到來，再不猶疑，背著小遠陽，便衝出屋外去。

「你必須緊抱著我，怎樣也不能鬆手，知道嗎？」雨聲比丁一山的聲音更大，他背著小遠陽，拼命地往上走，想向著山坡上的一間破廟暫避。

丁一山最擔心的並不是自己，而是他的小遠陽。他拼死也要保護兒子的，因為命裡忌水，這次的大水災，很可能就是閒雲野叟所說的劫數了。

「無論如何，我也不會讓孩子有事的！」作為父親，丁一山甘願捨棄自己，也要保護兒子的生命。

但是山雨路滑，上山異常困難，途中也滑倒了好幾次，當他回望身後山坡下的村屋，立時嚇得呆了，只見洪水已把全村圍困，半數房屋被沖毀，幸好他及時背著兒子跑上山坡，否則也不能倖免於難。

天氣愈來愈惡劣，山坡的土質疏鬆，丁一山腳一虛，沙泥傾瀉而下，他連同小遠陽一同滑下來，下面已變成了一道激流，所有東西都正在被沖入大海，跌下去性命便難保了。

丁一山一直滑下，險象橫生，小遠陽聽父親的話，死命抓緊父親不放，下滑之勢終於停

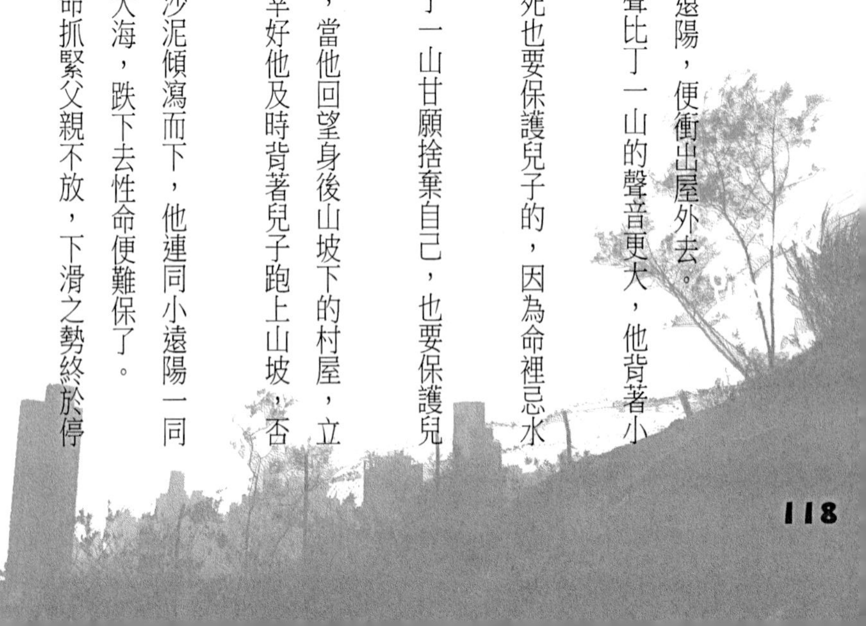

下來了，只見丁一山雙手抓著一條樹幹，及時阻止跌下激流中的命運，但樹幹是怎樣也乘受不了他們父子二人的重量，加上大雨下泥土鬆脫，樹幹已漸覺搖擺，只怕支持不久了。

父子此刻已是命懸一線之間，丁一山忽見樹旁有一小洞，僅可容小遠陽藏身，心下大喜，急道：「孩子你馬上爬過此樹，進山洞避難去！」

「爹，我不能離開你的，我不……………」小遠陽讓著不去。

「孩子，爹要追隨你母親而去，你的人生剛開始，還有路要走，你要謹慎言行！你要盡一己之力去影響這個世間！………」

「我死也要追隨著你們！不要拋下我不理！」小遠陽頭子在猛搖，口中在大叫著。

形勢危急，他們抓著的那棵樹的樹根已開始斷裂了，一串串裂裂之聲夾雜著雨聲，令人心膽俱裂。

「孩子，你不是從來都聽爹爹的話嗎？此刻你竟然違背爹的教誨了嗎？快！快給我爬過去！」丁一山大喝之聲，有若天上之旱雷，直蓋過雷雨。

小遠陽素來孝義，被父親嚴厲的斥責，那敢不從，但稍鬆的手迅即又再抓緊，但此時的

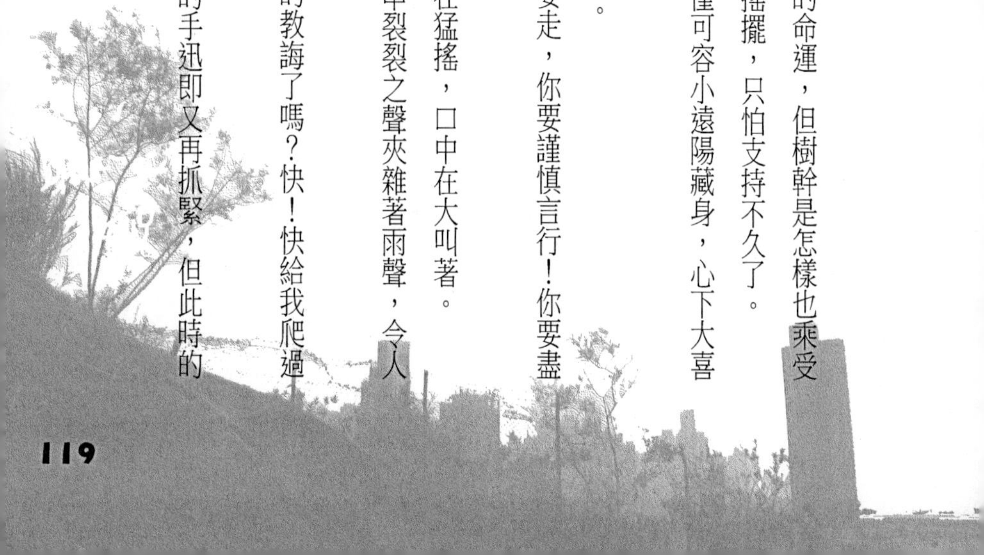

丁一山快已力盡，就算樹不斷下，手也要鬆脫了。

」罷了，既然這是天意的安排，我們就認命吧。」丁一山此刻反而心中一片空靈，像放下解脫，一切前塵往事都浮現眼前，卻又在瞬間幻滅。

此時一聲巨響，也不知曉是雷聲還是山石傾瀉之聲了，丁一山父子和樹幹一起墮下，瞬間沒入洪水之中。

小遠陽只是緊抓著父親，心裡只有一個念頭，就是死了也不會放開這手，所以他一直抓得很緊……很緊……

未完待續

PRAT 6

聊齋幻影錄

仙劍奇俠，妖怪異獸，一同進入世間至虛幻的境界去

上回題要：

心然目送兩父女的小舟漸漸駛開。

「快走吧，我們還要趕去正邪一線天的。」狂易先生跟女兒說。

「正邪一線天名字好特別，這是個甚麼地方？他們又何以要去那裡呢？」但見父女二人漸已遠去，心然有種若有所失的感覺。

在雲南境內，有處名叫石林的地方，那裡奇山異石無數，氣候四季如春，相傳有不少劍仙都曾經在此終身修練。

在石林一隅，有一個地方名叫正邪一線天，該地集極陰極陽，至正至邪之氣，但每個上山的人都會變成瘋癲跑下山，即使如此，依然有江湖中人不斷冒險上山。

在山下，無數亂石尖削分佈，凹凸不平，在高處望下去，有如一個錯綜複雜的石城，堪稱奇景。

今天這裡又來了兩個在江湖上響噹噹的人物。

說話的二人，就是在江湖上威名遠播的「中原雙怪」。

大哥候天高和弟弟候地厚。

有趣的是，叫候天高的身材短小不到四呎，而那個候地厚便相反，高而瘦削，生得一點都不厚。

「這鬼地方真要命，山石如林，怎樣才找到正邪一線天？」

「我們耐心一點，定然找到的，到時那本寶書便是我們的了。」

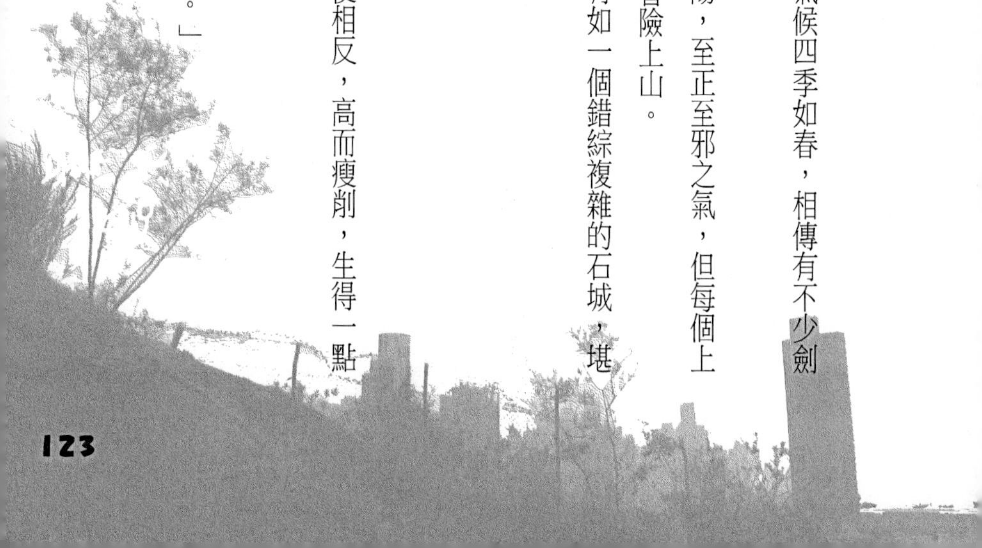

「大哥，那本書得手後，我們便天下無敵了！」候地厚道得意的道。

「當然，裡面有兩套絕學，我們兄弟二人各練一套。」

「哈哈，好呀……」

「找到啦，在前面呀！」候天高眼前一亮，高聲大呼起來。

「看，山腳有塊刻字大石。」

雙怪走近那石，只見石上刻有一副對聯，寫著「不正不邪者下山，極正極邪者上山。」

「呸，廢話！」候天高持著藝高人膽大，雙足一蹬便飛躍上山，輕盈落在一排尖石之上，輕功之高，一時間顯露無遺。

就在候地厚想跟上去時，忽然感覺到有股怪異氣流在山邊湧過。

候地厚正想叫住哥哥，但見他已跳到另一座山石上了。

「怎麼啦，還不上來？」候天高在高處叫道。

「你不覺得有一種極其怪異的感覺嗎？令人心煩意亂……」

「膽小如鼠，你再不上來，我便自己去了。」

「大哥，我……」

候天高向來沒有耐性，轉身便走，真的不等弟弟，施展起獨門輕功直往山上跑。

「大哥，不要上去呀！」不知怎的候地厚只想勸阻其哥哥。

候天高那裡會聽，又再向上穿越了幾座石山，轉眼已看到他的影蹤。

就在這時，候地厚身子往後猛退，高聲狂叫，像看到甚麼可怕事物似的。

只見一股怪異黑氣，隱約在前方石縫間遊走而來，候地厚嚇得以雙手掩眼，跌倒地上。

「好邪門啊！」跌坐在地的候地厚，呆坐在地，眼前怪異陰氣形成螺旋狀。

「還是趕快離開此地。」候地厚再也理不了那麼多，決定要逃跑。

那股旋渦似的陰氣，一直在四週擴散，候地厚頭也不回的拼命逃跑，但黑氣在後面窮追不捨。

好不容易才擺脫了黑氣，忽然聽到哥哥的聲音，回頭果然望到候天高，他此刻的眼睛通紅，狀甚瘋狂。

「咦，大哥……你……」候地厚看到不禁心底發寒。

只見候天高從高空落下時，忽然亮出武器，手中銀棒已高舉過頭。

「大哥，我們還是回去……」候地厚見哥哥回來，心下大喜，竟沒有留意有異樣，到他察覺，已經太遲了。

候天高竟然揮動銀棒向他親弟迎頭痛擊。

候地厚頭額被擊中，登時金星直冒，但候天高並未罷休，再向他踢出一腳，正中他的心渦。

這一踢的力度大得驚人，候地厚被踢得往後撞破幾塊大石，跌在老遠處。

候地厚慘中兩招致命重擊，倒地不起。

再看看手持銀棒的候天高，把棒往外拉長，雙目凶光更盛。

「大哥，你將銀棒的兩邊拉長便要殺人，難道你要殺親弟嗎？你……是否瘋啦？」

「殺…… 殺…… 殺…… 殺……」候天高的回答在其通紅雙眼和話語中，已經表露無遺。

候天高飛撲向候地厚，痛下殺手。

只聽候地厚一聲慘叫下，鮮血劃破了長空。

* * *

且說兩父女的小舟駛離江邊時，心然目送著少女離去，心下一片茫然。

忽然聽得山石之上，有人在大聲呼喊：「是誰？是誰殺死我弟弟的？」

說話的人竟然就是候天高。

他依是神智不清，明明是他自己親手殺了弟弟，如今竟然四處找人報仇。

只見他腿力驚人，輕輕踢便把山石踢得爆裂，且疾射向水面，一時間擊起了無數巨浪。

狂易先生兩父女的小舟這時剛巧經過這裡，被困於山石落下來形成的浪濤當中，險象橫生。

「姑娘小心！」心然眼見這突如其來的情景，也來不及出手相救。

只見狂易先生拼命穩住小舟，但不斷落下的碎石向他們飛射，打穿了船蓬頂。

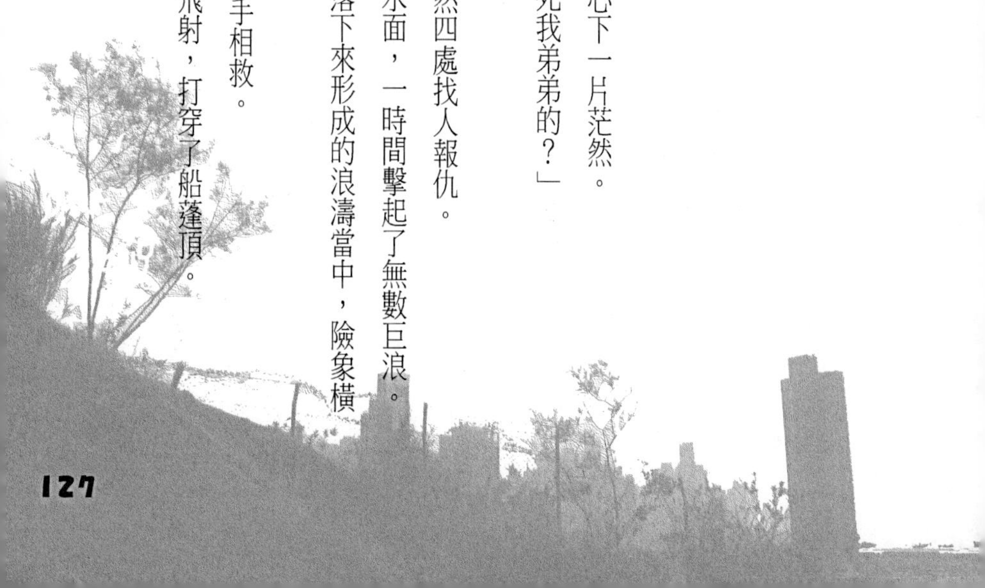

這時上空忽見銀光閃耀，候天高已在高空持棒擊下。

心然見形勢危急，馬上使勁把手中的巨香飛出，險險地射中鋼棒，令候天高的鋼棒打歪，及時救了少女。

「你就是殺我弟的兇手了！」候天高見心然竟有隔岸飛出大香的本領，一口咬定他是殺弟兇手，向他展開攻擊。

心然並未有作出任何走避，只輕輕叫了一聲：「回！」

「看你目帶浮光，神志昏亂，我試試將你治療吧。」

候天高不答話，揮棒便打。

就在鋼棒將至，巨香竟搶先一步插在候天高頭頂。

「忍耐一下吧！」只見心然劍指在空中劃出一個符咒，光芒閃現下，候天高額上被煙火灼得火星飛散，煙霧瀰漫。

心然以內在真氣貫於食指，再放射而出。

一時間白煙從候天高的頭部四邊冒出，只見其全身一震便甦醒過來。

「弟弟，是大哥不好，我聽你勸告不上正邪一線天，便不會害死你了，嗚嗚……」回復清醒的候天高，記憶恢復起來，前事亦浮現於眼前。

「又是正邪一線天。」心然禁不住搖頭慨嘆。

「我發誓永遠不再去取那本寶書了，原諒哥哥吧！」候天高傷心欲絕，眼淚奪眶而出。

「唉，俗世人為何總要上那一線天，莫非真的有著驚世之寶？」

「看這人瘋狂太深，只能治他一時，我也無能為力。」

果然，候天高只是迴光返照，很快便又再瘋癲大叫：「呀，弟弟，我沒有殺你，沒有呀

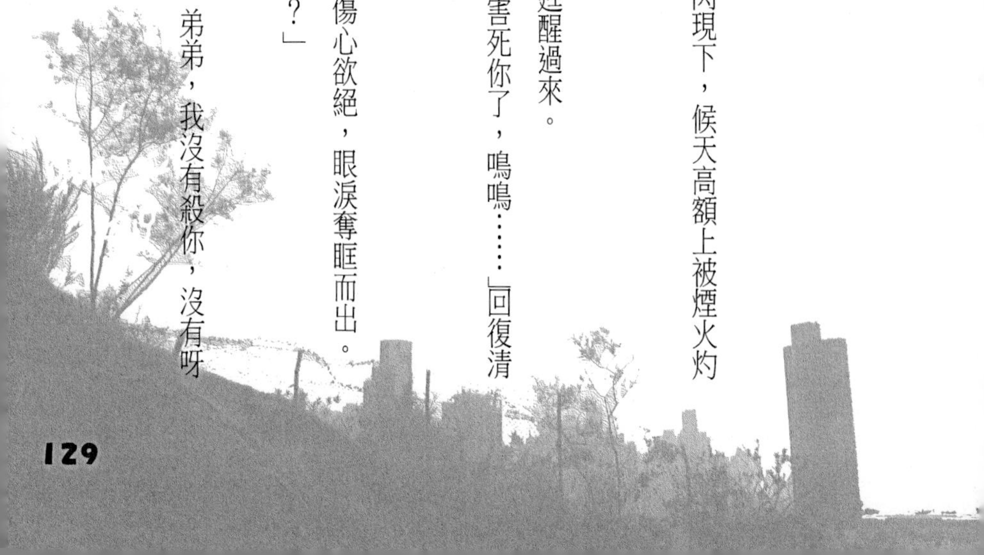

！」

候天高一邊大叫一邊往岸上奔跑，很快便失去影蹤。

心然這時才想起那對小舟上的父女，但回頭望去，那裡再有他們的蹤影，心中想起他們對話中要去正邪一線天，不禁為他們擔心起來。

「那對父女不是說要上一線天嗎?那地方如此凶險，只怕她會有不測。」

晚上，心然找了間客棧住宿，但是徹夜難眠的心然，腦中一直在為少女的安危擔心。

「我真胡塗，修道之人豈何胡思亂想。」心然收拾思緒，索性起來在床上打坐。

閉目調心，真氣運轉了一周天後，好不容易才進入定境，忽然外面傳來隔鄰的對話聲。

說話的是一對父女，女兒問父親道：「爹，你帶女兒一起去，我放心不下啊。」

「你爹精通五行易術，區區一線天豈放在眼內。」父親說道。

「但每一個人上去也變成瘋狂下來啊，今天若非有那位道兄相助，恐怕我父女難以全身而退，理應答謝人家的，但我們卻不顧而去，實在於心有愧。」

到此心然聽得出，這對父女就是今天在江邊相遇的二人。

「真的是天涯何處不相逢啊！想不到在客店也遇著那位姑娘，我們真的很有緣份。」

細聽下，又聽得女兒說：「爹，你帶女兒一起去正邪一線天吧！」

「乖女，你在這裡等候，為父很快便會回來。」

「爹……爹！別走……」

「喔，她的父親也太固執了，那種地方險象環生，還硬著要去，難為了他的女兒為他擔驚受怕。」心然從房間出去。

「爹爹，嗚……」沿著少女的聲音，心然來到後院，果然見她正在倚樹低泣。

見到對方楚楚可憐的樣子，心然亦覺心酸。

「姑娘又何必如此傷心，貧道有否幫得上忙的地方？」心然說道。

「啊，是道兄你。」少女見到心然亦有點錯愕。

「道兄今天救命之恩還未答謝呢……」

「不必言謝了，我剛聽到你爹要去正邪一線天，何以有那麼多人瘋癲也要去，到底這是怎麼回事呢？」心然終於忍不住要問個究竟。

「江湖上傳說，有一個世外高人，名叫血仇子，他有一本血仇奇書，只要練成裡面兩種內功心法，本身的武功便會激增十倍過外。我爹他卻不為武學，他一生只醉心玄空易數，得知正邪一線天存在玄空極數，一心要揭開氣數之迷，探取極地神妙之處。」

「於是你爹不惜冒險，憑著五行易術上山，但怎樣才見得著那個血仇子呢？」

「聽說血仇子每日只現身一次，就在辰時某一刻，其餘時時間便沒有人見過他出現。」

「姑娘放心吧，我馬上趕去照應你爹。」

「不，我也要一起去。」

「好吧，我們立刻趕去正邪一線天，我要看看誰個如此作孽，挑起世間紛亂。」

心然激於義憤，拿起巨香，與少女一起星夜趕路，前往那可怕的……正邪一線天。

未完待續

PRAT 7

本集提要：

活屍媽媽和她的小女兒幸運地遇上了主角亞凡，得以相聚，而屍媽媽亦免去了變成怨念屍的命運。

屍嚇第二回
活屍幼稚園
屍嚇隧道
2

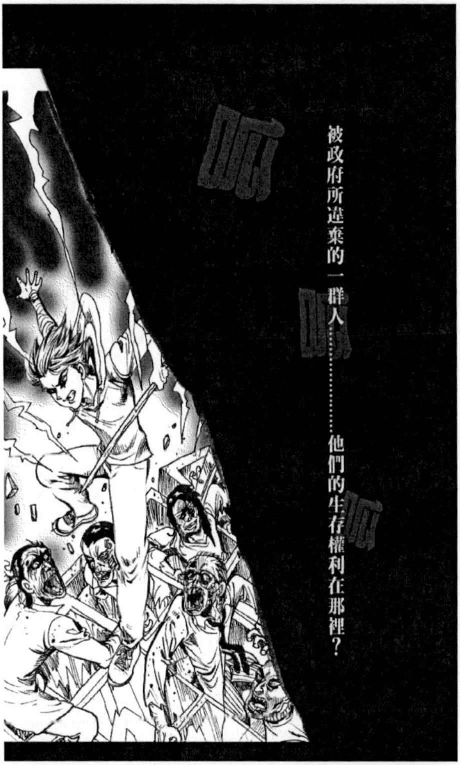
被政府所遺棄的一群人…………他們的生存權利在那裡？
呱
呱
呱

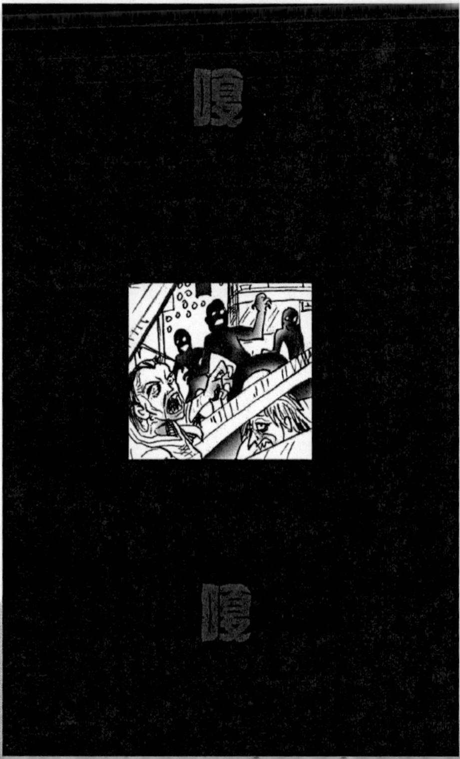
嘎
嘎

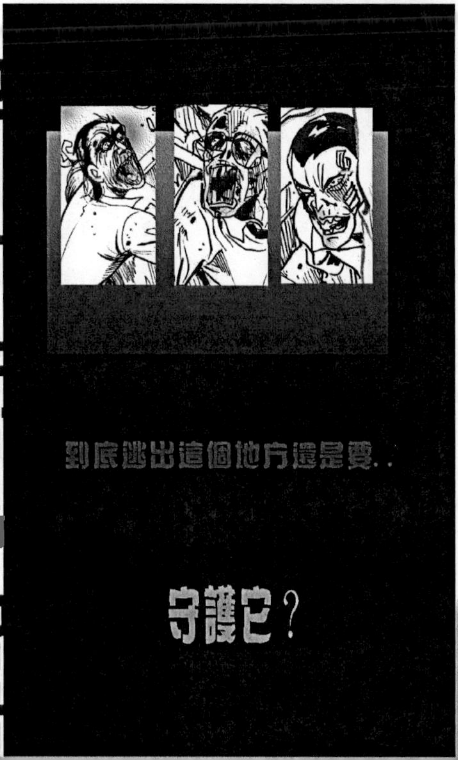
到底逃出這個地方還是要..
守護它？

上期講到……
子英這時才醒覺到手中有槍……
別過來
哇!
嗚
忽然，他的眼睛透出閃耀的光芒來，這明顯是希望之光.
咦?
這就是袁博士要找的第三代屍種。

活屍口中不斷發出的悲鳴聲，令眾人都窒住了。

「我們要趕快走了，這裡已經不安全，還有一半路程便到目的地。」亞凡身負重任，首要帶四名孩子離開，也顧不了女屍。

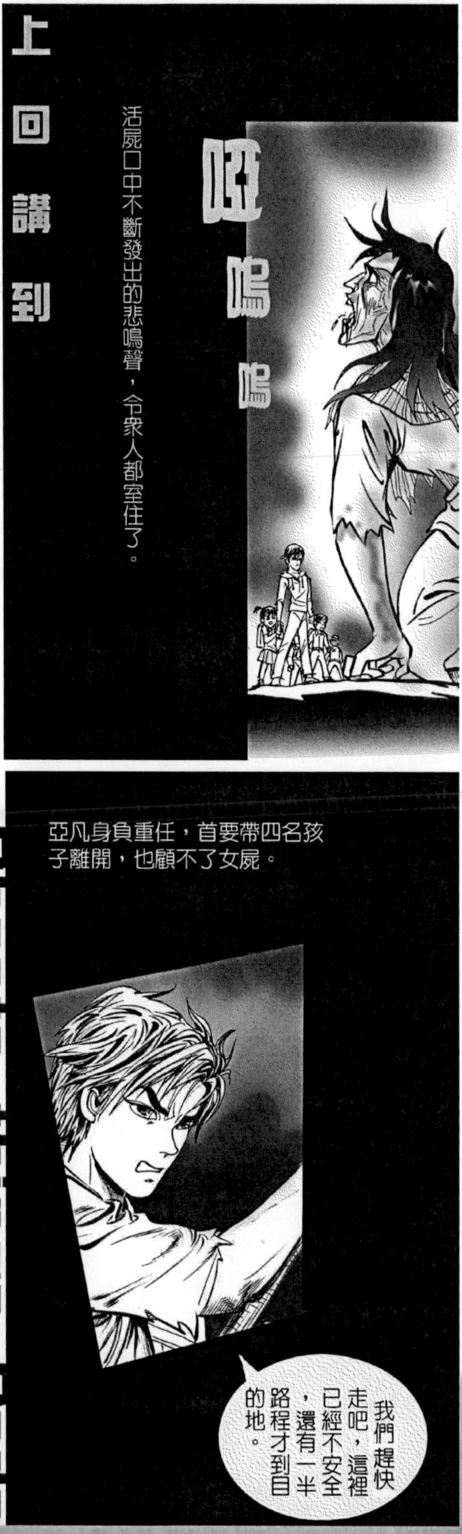
上回講到
活屍口中不斷發出的悲鳴聲，令眾人都窒住了。
啞嗚嗚
亞凡身負重任，首要帶四名孩子離開，也顧不了女屍。
我們趕快走吧，這裡已經不安全，還有一半路程才到目的地。

子英腳步止住
子英你怎麼不走？
亞凡哥，我們可以怎樣幫她？

「亞凡哥，我們可以怎樣幫她？」子英腳步止住，心有不忍的問。

「這……」亞凡一時間亦答上話來。

「我們自顧不下，還能幫到甚麼？」少然有點不奈煩。

「我們可以帶她去找她的女兒呀。」子英理直氣壯的說·

子英很少反對別人，她忽然變得堅強起來，大家都有點奇怪。

這……
亞凡一時間亦答不上話來。
我們自顧不下，還能幫到甚麼？
我們可以帶她去找她的女兒呀。
子英很少反對別人，她忽然變得堅強起來，大家都有點奇怪。
理直氣壯

「但她已經是死屍，都死了啦，帶她找女兒又有何用？」這時景偉也忍不住開口了。

「但覺得她未死！」

「你們讓開一點，我來問問她吧。」亞凡好像剎有介事的。

上集的「馴魔師」說及亞凡有一種天生的超異能，可以看到每個人身後的邪靈，小學時期便因為一次的「暴力校園驅魔事件」而被趕出校，自此他便做回一個普通

人，再未有動用過本身的超異能，異能亦像在他身體上漸漸消失。

現在為了要與這個第三代女屍展開對話，亞凡嘗試再次喚起他與生俱來的超異能。

只見亞凡平息靜氣，凝神閉目，這就是他在年幼時，一種起動異能的前奏，他從小便懂得運用這種精神力量．

這種精神力愈長大便愈淡化，最終是隱藏起來，亞凡就是要嘗試將這力量和他的超異能合而為一，進入人類以外的一個互動境界。

就在此時，女屍像有了反應，側垂著的頭頸忽然叻咯作響，慢慢地往上移正，面上扭曲肌肉和恐佈神態亦漸漸消失，像回復正常人一樣，原來她還未死，只是被活屍咬過後，進入了假死狀態，一般人被咬雖然會很快變成活屍，但其實還未死去的，只是待得一段時間，大概一日一夜便自然死去變成死體。

堅強起來的子英

但子英的推論，又那裡能夠得到証實？

同學們都用質疑的目光看著她，但她仍十分堅持。

袁博士曾經說過，這個人屍變死體的過程也會因人而異，如果那人有放不開的「執念」，便會產生出抗體，令其支撐一段較長的時間才會死去，這個過程，便產生出目前的「第三代活屍」來了。

但這種擁有人類感情和信念（執念）的屍種，其維持有生體而不變死體，最多亦不能超過一個月，超過了便會變真活屍，因此這類屍種著實少有。

眼前這個活屍媽媽，很明顯執念就在於她要尋找她的女兒……
亞凡打算以他與生俱來的潛在異能
因此……她很可能仍是有生體。
呼喚出屍媽媽的....有生體

袁博士研究所得，若能夠解開他的「執念」，即他所執著的事情，再施以適當的藥物治理，便可以救回他的生命，再不會變成死體活屍了。

眼前這個活屍媽媽，很明顯執念就在於她要尋找她的女兒，因此她仍是有生體。亞凡的呼喚，便可以暫時叫出她的有生體來。

上回講到

因此……她很可能仍是有生體。
你們讓開一點，我去問問她吧。

蔣不凡

在上集驅魔師中，說到亞凡是一個很特別的孩子，在寫我的志願時，便填上將來我想做個「驅魔人」，這時他才六歲。

長大後，不單止能夠看到每個人身後隱藏著的惡靈，更能化身驅魔不凡將惡靈驅散。

結果因一次暴力校園實時驅魔事件而被趕出校，自此驅魔能力便潛藏起來了。

今次受到他就讀中學的袁博士所託，到這裡就是要搶救其滯留於小學的兒子。

下回便知道屍媽是何屍種？
亞凡的超異能快將出現！
呱

我的志願，做個---驅魔人

蔣不凡，是一個不折不扣不凡的孩子。

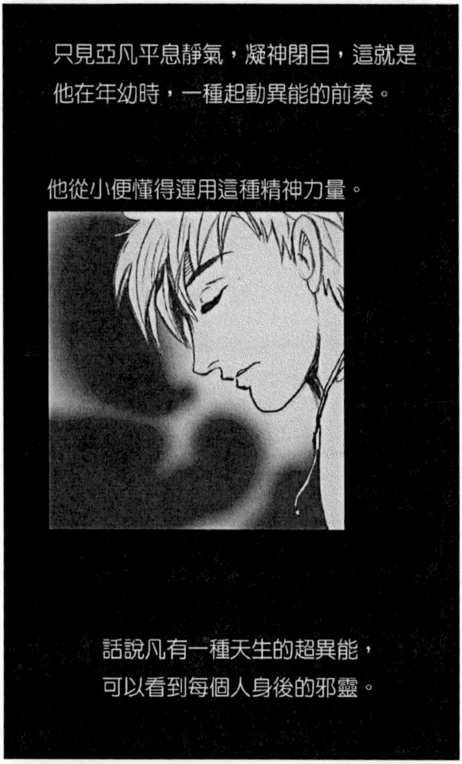

只見亞凡平息靜氣，凝神閉目，這就是他在年幼時，一種起動異能的前奏。
他從小便懂得運用這種精神力量。
話說凡有一種天生的超異能，可以看到每個人身後的邪靈。

我的志願
各位同學，請填上你們將來想做甚麼職業。

他小時候，在填寫我的志願時，便填上：

「將來我想做個驅魔人」

這時他才六歲。

老師不知道他如何知道有「驅魔人」這回事，除了驚訝之外，更向不凡解說：

其實驅魔不是一種工作。

想糾正他的思想。

「老師，我看電影見到這的確是工作來的呀，那些神父明明為被魔鬼入侵的人驅鬼啊。」

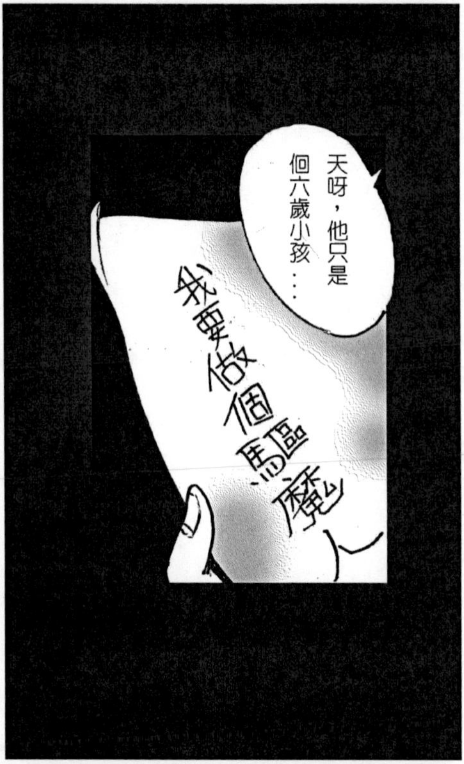
天呀，他只是個六歲小孩……
我要做個驅魔人

老師不知道他如何知道有〔驅魔人〕這回事，除了驚訝之外，更想糾正他的思想。
驅魔不是一種工作！
老師，我看電影見到這的確是工作來的呀，那些神父明明為被魔鬼入侵的人驅鬼啊。
理直氣壯

但……世間上根本就沒有鬼！
有的，這世間到處都是鬼，而且是害人的惡魔，我見到的！

一時間，老師呆立當場，以極度驚訝的目光看著這個只有六歲的小學生 ....
啞口無言
要找學校裡的神父來，這孩子很可能已被邪魔入侵了。

不凡理直氣壯的說。

「但……世間上根本就沒有鬼！」

「有的，這世間到處都是鬼，而且是害人的惡魔，我見到的！」

一時間，老師呆立當場，以極度驚訝的目光看著這個只有六歲的小學生……

啞口無言。

「要找學校裡的神父前來一趟，這孩子很可能已被邪魔入侵了。」老師只能想到這個辦出來。

很快，學校便來了個：韋神父。

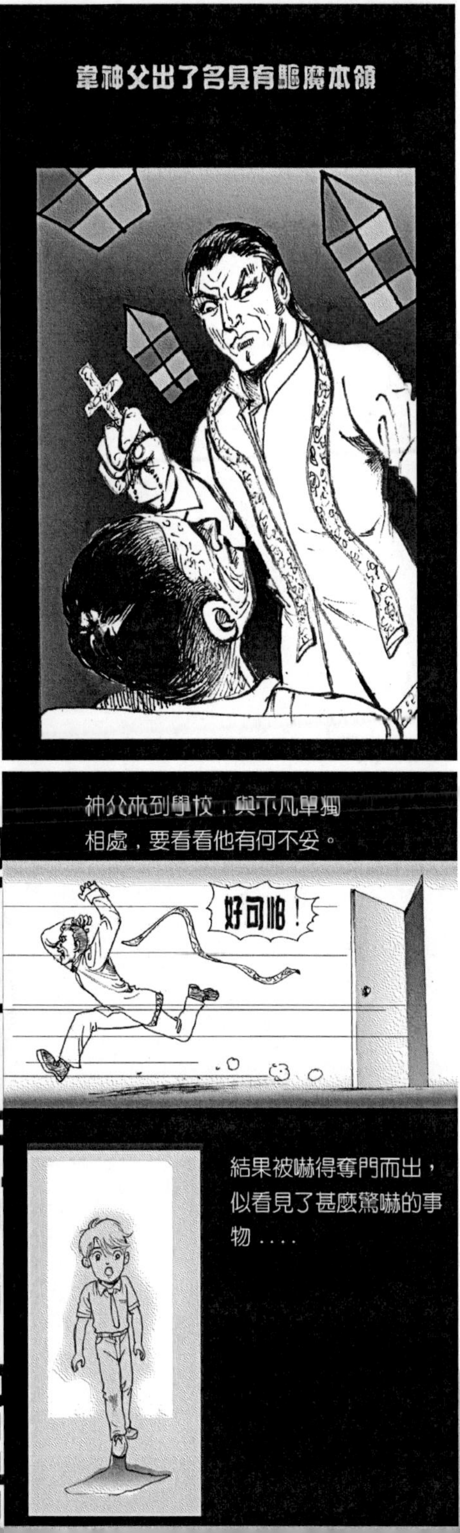

韋神父出了名具有驅魔本領
神父來到學校，與不凡單獨相處，要看看他有何不妥。
好可怕！
結果被嚇得奪門而出，似看見了甚麼驚嚇的事物....

他是出了名具有驅魔本領。

神父一來到學校，便與不凡單獨相處，要看看他有何不妥。

結果被嚇得奪門而出，似看見了甚麼驚嚇的事物似的……

當不凡人愈長大，這種精神力便憊愈淡化，最終是隱藏起來。

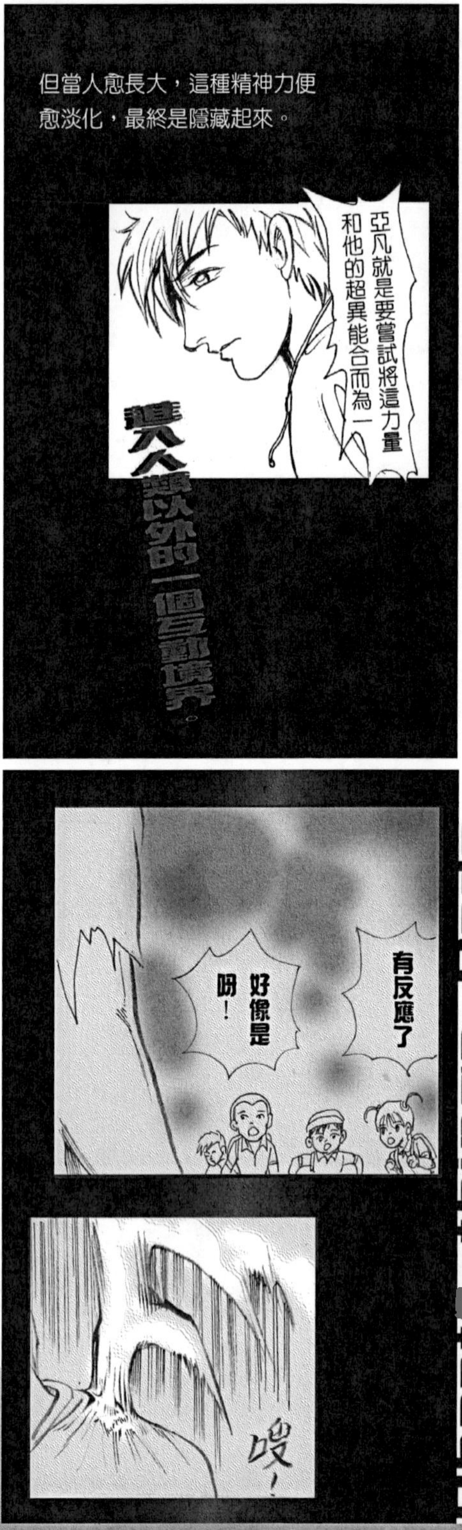
但當人愈長大，這種精神力便愈淡化，最終是隱藏起來。
亞凡就是要嘗試將這力量和他的超異能合而為一
進入人類以外的一個互動境界。
有反應了
好像是呀！
嗖！

亞凡的神識呼喚會成功嗎？

亞凡就是要嘗試將這力量和他的超異能合而為一。

進入人類以外的一個互動境界。

＊ ＊ ＊

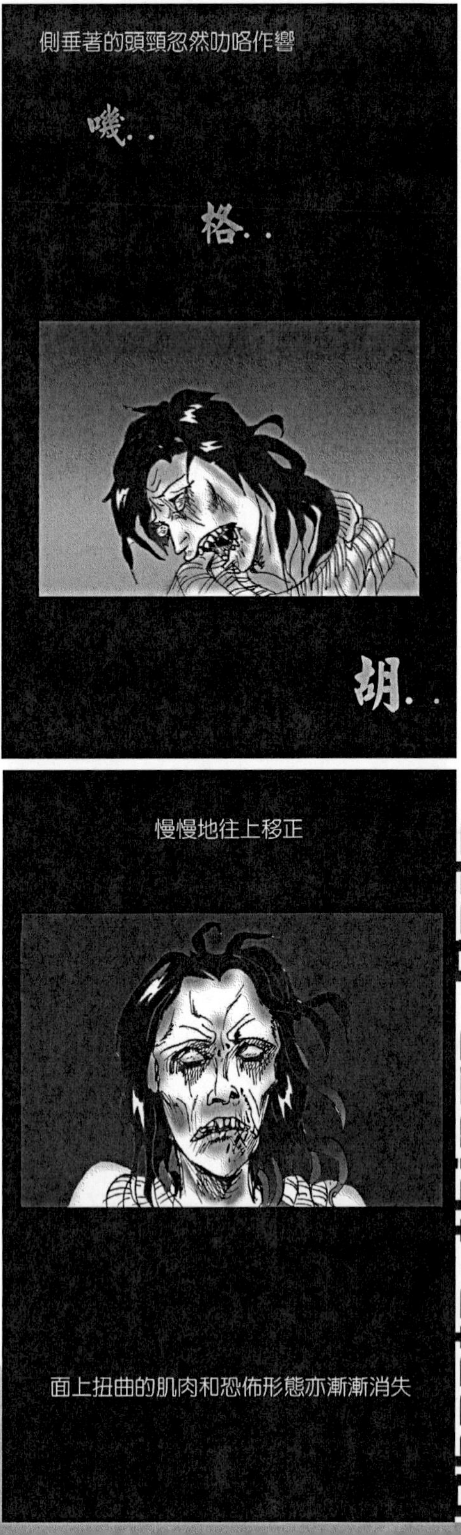
側垂著的頭頸忽然叻咯作響
嘰..
格..
胡..
慢慢地往上移正
面上扭曲的肌肉和恐佈形態亦漸漸消失

漸漸地，除了眼珠仍然空白一片外，
面容像回復正常那樣。
原來她果真還未死，只是被活屍咬過後，
進入了假死狀態。
你們看！屍媽媽身後出現幻體呀。
這個就是有生體。

只見屍媽媽身後隱隱出現虛幻不定的形體。

這個就是有生體，基本與常人無異，聲音亦隨之而起．

「求求你大發慈悲，幫我找回滯留在花花幼稚園裡的女兒。」有生體懇切地央求。

「我答應你吧，但你也要跟隨我回去見袁博士。」亞凡一口答應了對方的請求。

亞凡的話剛說完，有生體便消失……

一切像又回歸現實世界。

也不曉得今次的對談是否成功……

只見屍媽媽身後隱隱出現虛幻不定的形體。
基本與常人無異，聲音亦隨之而起。
亞…咕…我…你…

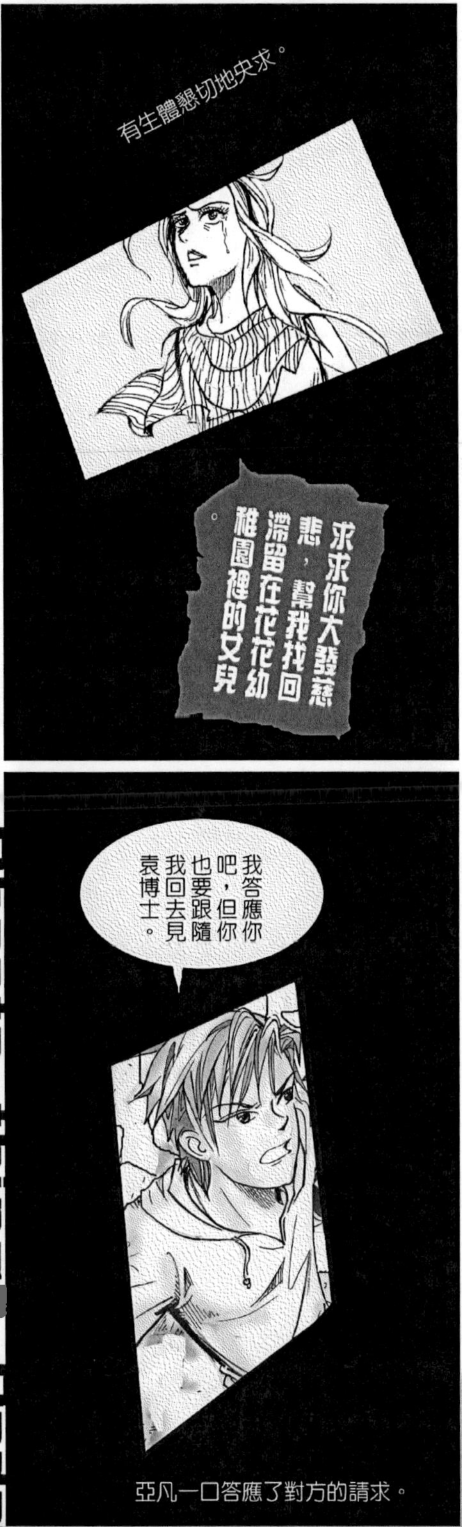
有生體懇切地央求。
求求你大發慈悲，幫我找回滯留在花花幼稚園裡的女兒。
我答應你吧，但你也要跟隨我回去見袁博士。
亞凡一口答應了對方的請求。

亞凡便要帶領孩子繼續前進。

而那活屍媽媽竟然真的像懂回人性一樣。

緩緩追隨在他們的後面。

前事完

感謝你，我會跟隨著你的……
話剛說完，有生體便隨即消失
一切都回歸現實世界
亞凡也不曉得今次的對談是否成功
亞凡便要帶領孩子繼續前進
而那活屍媽媽竟然真的像懂得人性
緩緩追隨在他們的後面。

屍嚇隧道　第二回

校園逃奔

本集提要：活屍媽媽和她的小女兒幸運地遇上了主角亞，得以相聚，而屍媽媽亦免去了變成怨念屍的命運。

袁博士、亞凡、恩賢、少然、景偉、偉明和子英，現在還加入了屍媽和她的女兒小敏。

他們打算離開唯一安全之地……城市小學校園，他們為甚麼要出去犯險？

他們一行人到底要去那裡呢？

* * *

因為他收看了電視台的廣播，說要用大殺傷武器對付這幾個區的喪屍，如此即代表政府真的完全放棄這裡。

也放棄這裡的所有居民，或者他們已經假設這區域只有喪屍沒有人。

這個情況，恩賢一早已知悉是遲早都要發生的事情，因為她的父親是這個市城的領導人。

但可惜的是，她的父母都已變了活屍。

這城市無疑已全面活屍化，這是中央政府所下的定義。

因此袁博士下了離開小學的決定。

「我們要盡快遠離這個區，到我在元朗的一個貨櫃場。」

「博士，我人們為甚麼要去那裡呀？」少然不解地問。

「皆因那裡有我早年設計的一個保護屏障，而且不少食物和日用品都儲存在那裡。」

「那便太好了，我真的很想吃雪糕和冰條。」子英伸著舌頭在做著吃雪糕的樣子，小孩們都看得拍起手掌來。

「嗯，博士，怎麼從來沒有聽過你講，有這個地方的？」不凡問。

「其實我是在早年租下來，作為未來出事故後用作躲藏的，當時很多人都說我是瘋子，所以我索性不提這件事。」

「袁博士，我很知那裡可以捱多久？看來這個小島遲早都會被中央所毀的，問題是用甚麼方法而已。」恩賢也有疑問。

「你的擔心是正確的，這要看天了，在現世裡，人類是弱者，不能適者生存就會當上活屍的食物，被同化成為喪屍。」袁博士回答。

「那我們呢？」恩賢問。

「我們是較強的一個有生體類別。」袁博士道。

「不錯，希望永遠在人間的！」亞凡的雙眼發出亮光。

「嘿，我卻看不見有甚麼希望？」恩賢卻不以為然。

「我們要出發了，大家準備好，爭取時間，操場外面有一輛校巴，我們就乘坐它去元朗目的地。」袁博士揮手示意大家上車。

這時在學校外面，已經被無數的活屍所佔據，只見他們全都是沒有眼神，沒有血色，更沒有思想。

「我們要穿過操場，但那裡我探測到已經有活屍入侵。」袁博士神色凝重的道。

「由我來引開他們，博士和恩賢帶有人上車。」亞凡自動請纓的道。

「不必了，就用我的新發明！」袁博士說著，手中已多了一支圓筒。

袁博士把筒尾的把手拉出，立即有煙花噴射而出，多個煙花火頭落下操場。

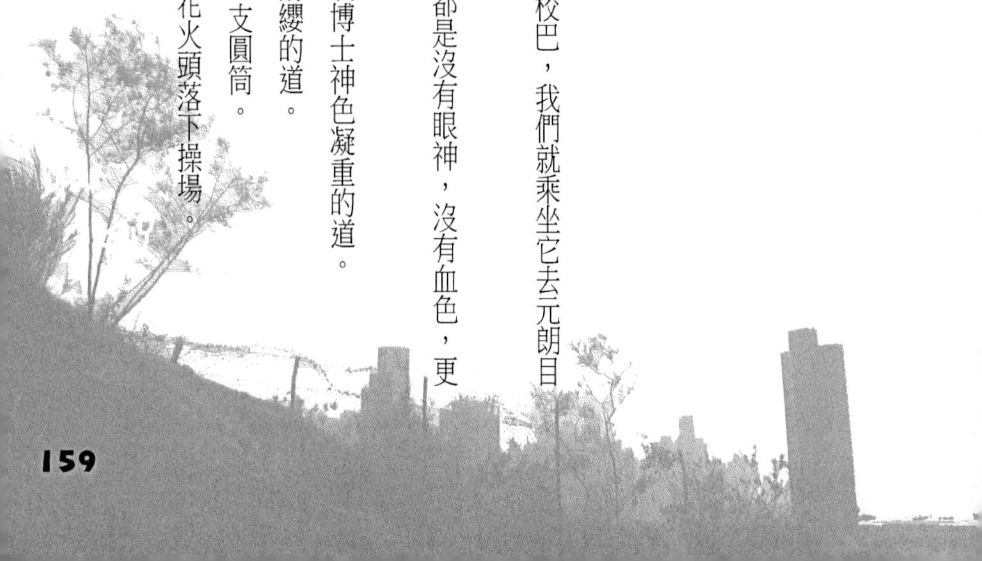

操場果然聚集了不少活屍，他們也察覺到煙花在空中閃動。

這個武器有點像「活屍煙霧彈」，但這個叫「活屍煙花」並不會噴煙務，它是一種令活屍短暫失明的煙火閃光。

「我們衝過去上車，但要小心不要碰到操場裡的活屍。」

「一，二，三，去吧！」袁博士發出一聲呼號，眾人都緊隨著他穿過操場，朝著校巴硬闖過去。

說也奇怪，當操場上的活屍望過煙花的光後，便像看不到東西似的，互相碰撞，一時間亂作一團。

就趁著這千載一時的機人，他們以最快速度衝進了操場，眼前無數的活屍檔在前面，他們要左穿右插地越過那些活屍。

亞凡帶領著眾人小心翼翼的避過屍群，恩則在小學生們的後面把關。

好不容易才走近校巴，此時後面的小孩也都跟上，走在前面的博士立刻坐上司機坐位，口中呼叫道：「大伙兒，我們馬上就開車離去！」

說著，校巴的引擎聲已同時響起。

「博士請等一等！」亞凡忽然叫停。

「怎麼啦？」

「恩賢她不見了！」亞凡急道。

「他剛才還在我們後面的！」小孩也發現她失蹤了。

「我去找她！很快便回來。」

且說恩賢剛才緊隨在後，忽然腳部一緊，像被甚麼抓住似的。

一看之下大驚失色，地面上竟有一隻滿口染血的活屍，因被活屍煙花的光芒所影響，一時看不見東西，跌倒地上，但雙手仍在不停抓物，恩賢足踝就是這樣被他抓住了。

只見活屍張開血盤大口便咬，恩賢大驚之下，將腳猛往後伸，豈知那活屍牢牢抓住他的腳不放，眼看腿部快要變成活的食物。

這時亞凡時回來營救，一腳踏在活屍的頭上，令其咬不到恩賢。

「還不快走？」亞凡控制了大局，立刻喝。

驚魂未定的恩賢這時才懂走逃，發力將小腿拔出，但那活屍雖然看不見，但仍能聽聲辦影，張口追著狂咬。

亞凡見狀立刻一把拉住她奔往校巴。

活屍追了一段路便被其它活屍跘倒，追不上來。

「嘿，你只顧自己走，不用理我啦？」恩賢既驚且怒，把心中怒火都發洩在剛剛才救了她的亞凡身上。

「你這人真離譜，我不理你還會回來救你嗎？還說這種鬥氣話。」

「哼，說得也有道理，就當本小姐怪錯你吧。」

二人即將跑到校巴，但見操場內的所有活屍都像回復了視力，向著校巴一湧而上。

「等不及了！」袁博士見形勢急轉直下，只好開車。

「博士，等等，他們在後面趕來了！」大家都看見亞凡和恩賢。

車開了若此刻稍停，便會被活屍追上，只好慢駛讓二人追上。

二人腳力雖不算差，但後面的活屍已經快要殺到，又怎能夠及時躍上車來呢？

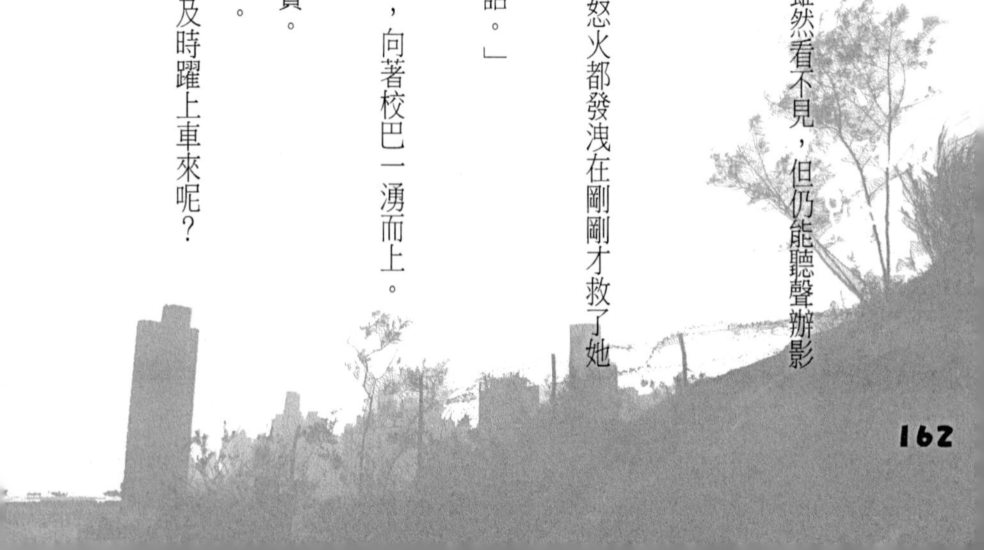

「還不使出你的超異能，想不起被活屍抓去嗎？」恩賢急道。

這時的亞凡原來已經邊跑邊集中精神，正要施展出他的飛鳥身法，腳下一使勁，二人立刻像一支箭般飛上校巴。

校巴高速飛馳，轉眼已遠離小學，入了高速公路，向著元朗目的地方向駛去。

只見汽車駛到中途，便聽得一聲震耳欲聾的巨響，同時道路上猛烈的搖晃像地震，令車子險些撞在旁邊的山石去。

大家驚恐回望，在他們剛剛駛離的地方，發生大爆炸，形成巨大的磨菇雲直奔上天，一時間整個天空都變成慘藍。

「他們真的把整個區域都摧毀啦……很可怕！」

「幸好我們及時離開，否則都被爆成飛灰了。」恩賢輕口氣道。

「可憐那些來不及離開但仍然生存的人，全都無一倖免。」亞凡低頭慨嘆。

「都怪人性冷酷，所有人為求自保，都生起了無情殺戮之心。」袁博士也在搖頭嘆息。

眾人想到自己失散的親人凶多吉少，都禁不住淚流滿臉。

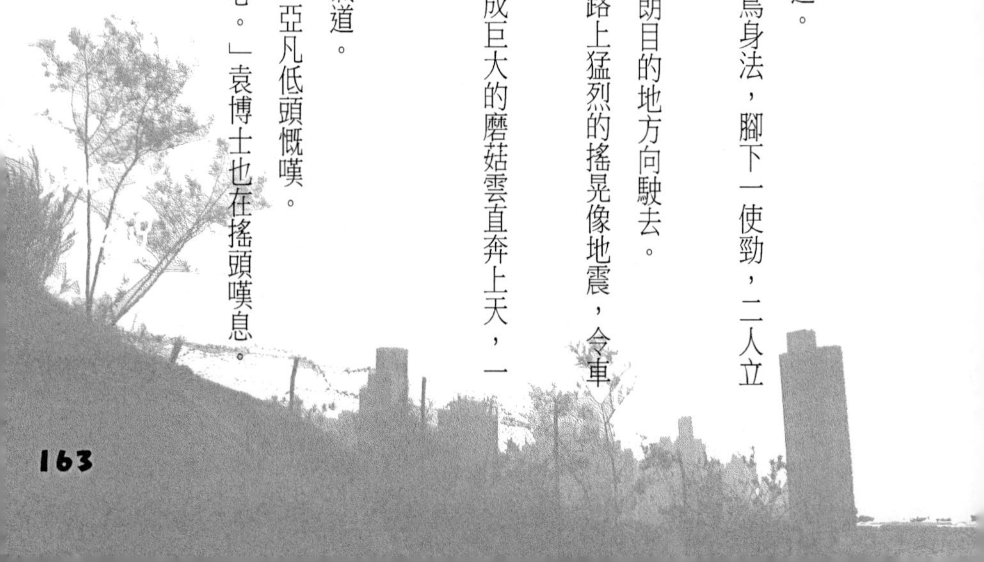

說話間校巴已駛到了目的地，元朗一個貨櫃場，袁博士的秘密地庫就在旁邊廢置的一個工地上。

所有人都下了車，正想走入地庫時，便聽到古怪的聲音。

「地庫很可能有活屍……」

「去看清楚，那裡我用了幾重的保護，他們是不能輕易入去的。」袁博士說著向地庫走去。

原來是一隻肌餓的小狗，忽然見到這麼多人來到這片荒蕪之地，驚得躲起來，而且就躲在地庫裡面的門前。

「很可愛的小狗啊！」孩子們一見了小狗便歡喜。

「小狗看來無家可歸，我們不如就收養了牠吧。」恩賢一見小狗便喊著要收養。

本來驚慌的小狗見對友善，尾部兩邊擺動不停，同樣顯得歡喜，跟著小孩和恩賢不肯離去。

袁博士開啟了隱閉的地庫門，大家都急不及待的進入地庫。

* * *

其後，亞凡等一行人就住在袁博士的地下密室中，這裡有長時間的物資，能夠渡過今次的空前災難，等待世界重拾正軌。

經過了一年多的時間，終於政府及時取得對付喪屍之大殺傷武器，把分佈在世界各地的所有屍種都毀絕，保住了全人類的生存空間。

本段完

水墨俠情　．作品欣賞

創出新一代水墨畫，發揚港漫薪火傳承

謝志榮最新水墨畫集
百餘張精選水墨作品
即將出版，密切留意

作者的個人漫畫專櫃

喜訊，作者的漫畫程式，apple完成審批程序，〔謝志榮作品〕app經面世，供讀們以iPhone、iPod touch 和iPad手機下載觀看，請在萍果店搜尋：〔謝志榮作品〕

那是作者首個集中了各類型漫畫的個人專櫃，當中的制作過程，pdf電子書遇上了種種困難、重重障礙，沒有人能幫作者．．．．了無數辦法才能找出方法來．

現在終於可以使用了，作者作畫的熱情有了出路，破悶局，打造出各類型作品供大家欣賞，作者感二種無比的〔實在感〕！

作者只想交出最大努力和真誠，尋找那既遙遠又接近的〔認同〕．

人生只要能夠得到讀者的認同，知道彼此的存在已足夠了．

作者的個人漫畫專櫃

◎歡迎在手機app商店中，搜尋〔心田〕或〔謝志榮〕等字串即可進入新書展區

謝志榮作品集 ipad、iPhone、ipod touch手機

詳情請登網頁

網址：http://comics.gen.hk 電郵查詢：tcwz55@yahoo.com.hk

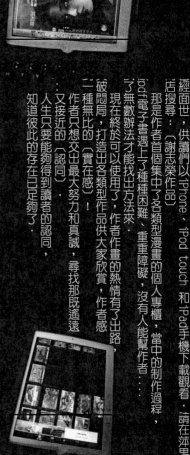

Pubu電子書城

現已正式作：全球發行，任何一個地方均可以購買得到，而且少於原書價一半，歡迎大家用手機或電腦下載欣賞。

可以任隨喜好選擇多種閱讀方法。

所有作品都設有試閱，先看看，後購買

（通常讀者看三頁便不能不追看下去了）

請登入以下網址 ：

http://pubu.com.tw/store/siti

或安裝:pubu電子書城ａｐｐ後

搜尋：<u>謝志榮</u>　<u>心田文化</u>　<u>末世驚嚇</u>　<u>大聖悟空</u>

以上字串，可找到所有作品。

真武者 1.2.3集
大聖悟空 1.2.3集

謝志榮 作品

心田文化得到港九全線書局上架，所有新舊作品，若缺價都可向以下各書局直接訂購後再取書！

大衆書局-屯門	中華書局荃灣分局
大衆書局-黃大仙	三聯書店 中環店
大衆書局-始創中心	三聯書店 荃灣店
大衆書局-沙田中央廣場	三聯書店 將軍澳店
大衆書局-樂富廣場	三聯書店 啓田店
大發行	三聯書店 葵芳店
宏達圖書公司(澳門)	三聯書店 莊士敦店
森記書局	三聯書店 海大店
澳門文化廣場有限公司	三聯書店 鑽石山店
大衆書局-黃埔	三聯書店 馬鞍山店
開益書店	三聯書店 元朗西店
大衆書局-大埔TPM	三聯書店 青衣店
奇趣天地(紅磡)	元朗文化生活薈
大衆書局(奥海城)	三聯書店 西環店
大衆書局(葵芳分店)	JP@apm
大衆書局(九龍灣)	三聯書店 慈雲山店
大衆書局(荃灣)	三聯書店 新世紀店
城邦書店	商務印書館圖書中心
大衆書局(東港城)	商務印書館佐敦圖書廣場
星光書店有限公司(澳門理工分店)	商務印書館北角分館
大衆書局 沙田第一城	商務印書館沙田圖書廣場
大衆書局(青衣長發)	商務印書館屯門分館
大衆書局 - 灣仔	商務印書館康怡分館
大衆書局-油塘大本型	商務印書館大埔分館
大衆書局 小西灣藍灣廣場	商務印書館上水分館
宏達圖書公司(澳門氹仔)	商務印書館尖沙咀圖書中心
{prologue}	商務印書館將軍澳分館
中華書局油麻地分局	商務印書館天水圍分館
中華書局將軍澳分局	商務印書館德福圖書廣場
	商務印書館香港仔分館

ipad、iPhone、手機下載，可在萍果商店app搜尋：謝志榮或心田文化

真武者之神　神龍記（全一集）

內容簡介：

「神龍記」這一個集玄幻、武俠、惹笑、愛情及歷史等多樣元素組成的史詩式系列作品，整個江湖歷史長達百年，人物衆多，以二至十集為一個單元故事，每輯故事都有新角色出場，每輯故事能獨立欣賞，又有其關連性，就像一部壯大的長篇歷史電影系列。

故事人物簡介：

故事主角龍小飛，是一個武功平平的小子，懷著一把短劍，心口寫著勇字便闖蕩江湖，他本來要達成娘親的遺願，尋找失蹤的父親，可是他不只不積極去辦，反而無意間得到一本關係武林的絕世奇書——《皇極天書》，本來他只想以此書來發一筆大財，但殊不知那本書不只令他武功大進，還影響他一生的命運------

故事主線：

1．中原武林在一夜間死了大半超級高手！何解？

2．所有的一流高手，武功同時火速消失！何解？

3．為甚麼武功平常的龍小飛，會成為武林第一？

你，有興趣解開這些謎題嗎？

謝致電訂購：90534761
或電郵訂購：tcwz55@yahoo.com.hk
可預約於地鐵出口交收

八格配五變局的：再延伸！

命理操作……五步曲

課堂講記

◎三百五十八個非一般命式，當中有多種不同判斷技巧

◎教你追蹤八字透干及藏根，引動之五行六神微妙變化

◎繼承了【滴天髓】的真訣，根源、流住、始終之秘法

◎本套專書為久學八字者而設，是古今命學…增強版

【第五部曲　學成編】
【第四部曲　實例編】
【第三部曲　應用編】
【第二部曲　進階篇】
【第一部曲　初基編】

密切留意　心田文化　展示版

http://comics.gen.hk

謝志榮　作品年表

在過往的歲月裡，從事武俠漫畫創作，寫過了多部個人作品，現在收錄其作品於下表，以供讀們們查閱，可進一步了解作者多年來的心路歷程。

如果大家有興趣看看這些作品的封面和內容介紹，可以登入以下網址：

http://comics.gen.hk/in02.htm

這個名叫〖走過的路〗的網頁，是作者自十五歲起的人生歷程，也可以說是一個「奮鬥的縮影區」。

作者：走過的路

謝志榮完整作品年表：http://comics.gen.hk/ind2.htm

1978年◎鷹爪拳（現代武俠）

1979年◎斷劍·小刀（諸趣武俠）
獵殺者（現代武俠）
瘋猴小子（現代武俠）

1980年◎魔童（警世短篇）

1982年◎超人之子（料幻）
鷹王（民初武俠）

1983年◎天龍記（中篇古裝武俠）
小魔神（料幻）
沙漠之鷹（寓言神話）

1986年◎鐵血英雄（長篇古裝武俠）

1988年◎鐵血男兒（民初武俠）
風雲88（江湖式武俠）
魔劍幻影（玄幻武俠）

1989年◎刀叢裡的溫瑞安（改編武俠）

1990年◎小狂兒傳奇（古裝武俠）
請借夫人一用（改編溫瑞安武俠）
高手貴姓（諸趣武俠）

與作者聯絡

電郵地址：tcwz55@yahoo.com.hk

1991年 ◎ 大將（長篇古裝武俠） 封神榜（民初武俠） 中華拳王（電子遊戲武俠）
1992年 ◎ 第一劍（古裝武俠）魔獸傳說（魔幻）
1993年 ◎ 廣東十虎（幕後制作）陸小鳳（改編古龍名著）
1994年 ◎ 超魔西遊（科幻武俠）
1995年 ◎ 潛龍（古裝武俠）仙神記5000 （科幻武俠）
1996年 ◎ 彩虹三戰士（現代魔幻）
1998年 ◎ 蕭十一郎（改編古龍武俠）
1999年 ◎ 棋幻小子（科幻棋鬥）
2001年 ◎ 神龍記（民初武俠）
2002年 ◎ 天易玄門（玄幻武俠）大聖悟空 （科幻武俠）
2003年 ◎ 西天狂戰記（科幻武俠）
2004年 ◎ 小狂兒（古裝武俠插圖小說）

2007年 ◎ 神相金較剪傳奇1（插圖小說）神相金較剪傳奇2：心相破天機 （插圖小說）
2010年 ◎ 真武者1（插圖武俠小說）
2011年 ◎ 真武者2（插圖武俠小說）
2012年 ◎ 真武者之戰3（插圖武俠小說）
2012年 ◎ 玄易師（插圖武俠小說）
2013年 ◎ 真武者之神4 神龍記（插圖小說）
2013年 ◎ 鬼怪事典1至2（插圖漫畫小說）
2013年 ◎ 漫畫時代1（插圖漫畫小說）
2013年 ◎ 鬼怪事典3（插圖漫畫小說）
2014年 ◎ 大聖悟空1至2（插圖漫畫小說）
2015年 ◎ 西遊解心經 （漫畫繪本）大聖悟空3（插圖漫畫小說）
2016年 ◎ 鬼怪事典4．5（插圖漫畫小說）
2017年 ◎ 鬼怪事典6（插圖漫畫小說）

作者簡介

謝志榮：漫畫家，作家，插畫小說家

創作事業方面

早期從事漫畫創作，作品超過二百部以上，包括：科幻、笑話、武俠、懸疑、愛情、勵志、兒童、奇異和驚嚇等故事，中期編寫學術性的書籍，包括：藝術、哲理、命學、佛學等，是個「多產創作人」，以他的「立體人生觀」來作多方面嘗試，釋放大腦的超能量。

過去曾四度創業（出版業），最終成立了「心田文化」，出版大量的流行書籍。於近十年間，他再寫出百多部個人著作，在香港出版界打下了基礎，讀者遍及整個亞洲華人社會，也慶幸和讀者建立了深厚的情誼。

近年作者積極將他過往的漫畫經典作品，改編成插圖小說推出，極力將文字動感化，以迎合現在忙碌而又喜歡新鮮感的年輕人，為配合未來大趨勢，多部作品登上了webtoon手機網絡平台，於港台星馬取得六十萬點擊流量，另於Pubu電子書城：http://www.pubu.com.tw/

store/siti，心田文化圖書已上架，實行以電子化打入國際。

藝術發展方面

早年追隨陳中樞老師學西畫，後完成多個中文大學藝術課程，包括：西方畫史、構圖學、色彩學、透視學、書刊設計學，同時學佛。又隨江啟明老師走遍港九街頭寫生。近年勤修中國水墨畫和攝影，以實踐：禪影雙修、水墨俠情。

目前正積極制作一部水墨插畫作品〈水墨俠情〉，收錄近年的大量水墨畫作品。

美術教學方面

於２００７及０８年，無線ＴＶＢ〈放學ＩＣＵ〉的〈視覺藝術天地〉謝sir教漫畫中，作嘉賓主持，講解各種漫畫技法。用期任教藝術中心，主教水彩畫和人物素描速寫等。

良種紙上播　　善筆植心田

鬼　怪　事　典6

作者／謝志榮
圖文／謝志榮
出版／心田文化
地址：香港干諾道西１３１至１３２號５樓５０２室
ＦＡＸ：３６２７０５７１
面書專頁：https://facebook.com/xiti55/
電郵地址：tcwz55@yahoo.com.hk
網址：http://comics.gen.hk/
美術／樹文
排版／心田文化
印刷制版／卓智數碼印刷有限公司
地址：九龍荔枝角醫局西街1033號源盛工業大廈10樓5室
電話：２７８６３２６３
發行／：香港聯合書刊物流有限公司
地址：香港新界大埔汀麗路36號中華商務印刷大廈地下
電話：２３８１８２５１
初版日期：二〇一七年九月
定價：ＨＫ＄七十八元

國際書號：ISBN：978-988-77150-4-7